VALENTINA

Pedro José Sierra Lira

Valentina

Pedro José Sierra Lira

bubok
EDITORIAL

Modelo de cubierta: Olivia Stodell
Fotografía de modelo: Felipe Hernán Cortés Castillo

Mayo 2024

ISBN papel: 978-84-685-8138-5
ISBN ePub: 978-84-685-8140-8

Depósito legal: M-12280-2024
SafeCreative: 2405097927434

Número de registro (certificado obtenido en el Registro Público del Derecho de Autor en México): 03-2022-080314083900-01, 06 de agosto de 2022, y 03-2024-041908331900-01, 19 de abril de 2024

Editado por Bubok Publishing S.L.
equipo@bubok.com
Tel: 912904490
Paseo de las Delicias, 23
28045 Madrid

Índice

Capítulo I
La Herencia del Coronel

Bajo el limpio cielo azul del valle, con el Nevado de Toluca como mudo testigo de sus angustias, la afligida madre buscaba consejo en su suegra, sabia mujer conocida por todo el pueblo como la abuela Julia. Se notaba que había sido muy guapa, blanca "de ojo claro", delgada hasta la fecha, de gran carácter, protectora de causas justas, temida por los maleantes y amada por la gente de la región.

—¿Qué hago abuela?¿Qué hago?

—Lo que tienes que hacer es no dejarte, tus hijos no tienen derecho de exigirte nada. Su papá los mal acostumbró pero podía controlarlos. A ti la cosa se te salió de control ¿Y ahora qué quieren?

—René quiere que le entregue el rancho, pero con lo borracho y jugador que es, en menos de un año lo habrá perdido. Daniel, para no ser menos, me exige que le entregue la casa y que le dé el dinero de las cuentas bancarias.

—¿Y Chucho?[1]

—¡Ay abuela! Mi Chucho, como de costumbre, no pide nada. Sólo quiere verme tranquila e intenta protegerme, pero sus hermanos lo golpean cuando interviene. Me da temor que me lo maten.

---

1. Forma coloquial en México de decirle a las personas que se llaman Jesús; Chuchito será el diminutivo de Chucho.

—¿Qué hago abuela?¿Qué hago?

La mujer de poco más de sesenta años pero con la sabiduría de siglos lo pensó un momento y preguntó:

—¿Y aquél muchacho protegido de tu esposo que lo quería y respetaba tanto, el que fue tu ahijado de boda, sabe lo que está ocurriendo?

—No abuela, me daría mucha pena hablar mal de mis hijos.

—Pero él no es un extraño ¡Es más! Es como si fuera tu hijo.

—¡Ay no abuela! ¡No puedo llamarlo así nada más! No puedo meterlo en mis problemas.

—Tu no podrás, pero yo sí. Los verdaderos amigos se conocen en las situaciones difíciles y yo creo que ese muchacho es tu amigo ¡Casi tu hijo!

—Lo voy a invitar a comer la próxima semana. Le voy a hacer aquél mole[2] de guajolote[3] que tanto le gusta. Tu no lo sabes, pero él me siguió llamando después de la muerte de mi hijo y por lo tanto tengo su teléfono. Le hablaré y ya que me ponga de acuerdo con él te diré para que vengas. No le cuentes nada de esto a nadie ¿Entendido?

El Teniente Coronel Ifigenio Espota y Mariles, joven esbelto, moreno claro bien parecido, de un metro con setenta y cinco centímetros de estatura, de pelada corta, llegó puntualmente el sábado a casa de doña Julia, el ranchito ahí cerca de Almoloya en que tantas veces había estado con su jefe, el Coronel Abelardo Zúñiga Paredes. Recordaba cada mejora que don Abelardo había hecho para comodidad de su madre, porque algunas a él se las encomendó, convirtiéndose en un nieto dado el cariño que surgió entre él y doña Julia. Llegó el

---

2. Varios tipos de salsas mexicanas muy condimentadas preparadas a base de chiles y especias, y que son espesadas.

3. Pavo.

Teniente Coronel con su guapa y amable mujer, Teté Collado y sus hijos Ifigenio y Abelardo, de ocho y seis años respectivamente, altos y delgados como los papás, los que después de saludar con mucha propiedad, salieron de prisa para corretear a las gallinas y recoger huevos que sabían les regalaría la abuela Julia para que se llevaran.

Después de la exquisita comida Teté salió con sus hijos a recorrer la propiedad y al quedarse solos la abuela, su nuera y el Teniente Coronel, la primera planteó la situación ante la afligida madre que ocultaba la vista y no podía dejar de lagrimar.

Al terminar doña Julia el joven militar buscó la mirada de su madrina y le dijo que él sabía todo lo que estaba pasando, pero consideró que no debía intervenir mientras no fuera requerido para ello.

Contó que muchas veces le dijo a su jefe, su padrino, que consentía demasiado a sus hijos y que sus excesos los meterían en problemas, pero al coronel le gustaba que sus hijos fueran muy machos, se pelearan con todos, se emborracharan, apostaran y demostraran siempre su valor y superioridad.

Pero sólo el papá los podía controlar. Cuando él quiso intervenir los muchachos lo amenazaron de muerte y al enterarse de su intromisión su jefe le dejó de hablar como seis meses, con lo que aprendió a no meterse con René y Daniel, pero no dejó de enterarse de sus fechorías que se hicieron mayores a la muerte del padre.

—Así es que, dígame madrina ¿Cómo le puedo ayudar?

—No lo sé hijo, no lo sé, es lo que quiero preguntarte…

—Prefiero que usted me diga…

—¡Bueno! Intervino la abuela, he estado pensando que esto no tiene remedio fácil y que esos malvados van a matar a mi pobre nuera a puro disgusto y luego van a asesinar a Chuchito.

—La única forma de detenerlos y salvar el patrimonio de la familia, es que mis nietos no reciban un centavo de la herencia de mi hijo y se vean precisados a trabajar. Y para eso he ideado una historia perfectamente creíble y como decía mi hijo: a prueba de balas.

—Mira Valentina, desde que murió tu marido han hecho sus hijos lo que han querido, sin que les pusieras límites. René se apropió de la hacienda y de todos los ingresos que de ella se obtienen, que siempre fueron suficientes para que ustedes vivieran como ricos. Mi hijo era muy gastador, mujeriego y parrandero, pero él gastaba lo que ganaba y ganaba muy bien ¿Cómo? No lo sé, nunca lo pregunté, ni quiero saberlo. Lo que me consta es que fue el mejor hijo del mundo, el mejor esposo y que trató de ser el mejor padre, pero ahí sí la regó: confundió el ser un buen padre con ser consentidor y cómplice de sus chamacos en sus fechorías, que eran chistes para él, porque los machos debían comportarse como ellos.

—Pero creo que en el fondo sabía que debía protegerte de sus hijos porque, aunque no lo contaba, mi hijo todo lo ponía a tu nombre o al mío. La mansión en que vives es tuya, lo mismo que el rancho. Los chamacos piensan que eran de su padre, pero nunca lo fueron. Muchas de sus inversiones en bancos y cuentas bancarias están a tu nombre y ya les dieron en la torre tus hijos, pero otras las puso a mi nombre y no han hecho más que crecer, porque yo no mantengo vagos y bien lo saben.

—Creo que si Ifigenio nos ayuda tú protegerás tu patrimonio y obligarás a tus hijos a que se pongan a trabajar y se alejen de los vicios y de los problemas.

—¿Y yo cómo puedo ayudar abuela?

—Si Valentina quiere y tú aceptas, les diremos que están en quiebra, que ya no queda dinero, que lo que han estado gastando es lo que ha obtenido en préstamos, para no negarles lo que le pedían, pero que ese dinero, Ifigenio, se lo has prestado tú y ahora exiges te lo devuelva entregándote en pago la mansión de la capital y el rancho de Jalisco.

—Cuando su madre se los diga la van a querer matar, le van a exigir cuentas y la amenazarán con llevarla a los tribunales, pero yo estaré con mi nuera cuando eso ocurra y el valor que a ella le falta yo se lo daré.

—Entonces, irán contigo, te encararán y amenazarán, pero cuando les demuestres que ya no son de su madre las propiedades y les hables fuerte, amenazándolos con que si intentan algo en contra de su madre o en contra tuya, todo el Ejército y todas las autoridades que conocieron y respetaron a su padre y saben cómo amaba a su esposa, irán contra ellos, hasta acabarlos.

—Desde luego Valentina, tú y Chuchito tendrán que poner distancia de la capital. Vendrán a esta finca a vivir conmigo. Ellos van a venir a amenazarnos, pero siempre he tenido a mi servicio gente armada, porque así lo quiso mi hijo y como él sabía lo que hacía, ahora me van a servir. Les van a dar una estropeada tan grande, que no van a querer volver. Y como la mujer de René es una bruja ambiciosa que se casó con él por el dinero que aparentaba tener y no va a creer de primera instancia el cuento, de paso, a ella le van a dar una tunda que no va a olvidar.

—Claro, mi Teniente Coronel, siempre y cuando usted acepte ayudarnos de esta forma.

—¡Pero abuela! ¡Yo no quiero a mi nombre las propiedades de mi padrino! Estoy dispuesto a ayudarles, pero no a quedar ante mis superiores como un maldito que se aprovechó de las necesidades de la viuda de un respetado y muy apreciado militar. Lo siento, pero eso no lo puedo hacer.

—Comprendo Ifigenio, comprendo, pero te aseguro que no habrá mayor problema. Mira, mis nietos son muy malvados, pero muy brutos y muy cobardes. Todo el valor de que hacían ostentación se los infundía el poder que podía ejercer su padre. Van a poner como abogados a algunos de sus compinches, que cuando sepan que se están metiendo con gente muy poderosa y además que sus clientes no tienen dinero, los van a abandonar.

—Pero abuela ¡Si yo permito que pongan a mi nombre las propiedades del Coronel seré considerado un traidor y me sacarán del Ejército!

—Bueno Ifigenio, eso no será necesario. Lo único que tienen que saber es que las propiedades no son de su papá.

—¡Pero verán que son de su mamá!

—No, si les exhibimos documentos del Catastro y del Registro Público a nombre de la propietaria.

—¡Sí! ¡Pero la propietaria es su madre!

—A ver, mi querido ahijado ¿Cómo se llama tu madrina?

—Valentina o doña Vale, como todos le decimos.

—A ver Valentina ¿Cómo te llamas?

—Valentina.

—¿Valentina qué?

—Reyes.

—¿Y cómo se apellidas tus hijos?

—Zúñiga Paredes.

—Doña Vale—, dijo el Teniente Coronel, —está equivocada, ésos eran los apellidos de su esposo, mi padrino.

—No Ifigenio, en cuanto a eso mi nuera no se equivoca. Mi hijo, que estaba orgulloso de ser quien era, presentó a sus hijos con sus apellidos. Lo pudo hacer porque nunca se casó con Vale.

—Madrina ¿Es verdad?

—Pues creo que sí. Nunca nos casó un cura ni fuimos al Registro Civil. Descuidé a mis papás y me fui detrás de mí Abelardo cuando yo tenía catorce años, pero de que fui su mujer y su único amor, nunca tuve duda. Le conocí varias viejas, pero no se casó con ninguna ni registró a los hijos que tuvo con ellas.

—Luego tus hijos no llevan tu apellido.

—No.

—Pues ay te va otra sorpresa, mi querido nieto: Valentina no se llama así.

—Cómo ¿Pero si ella dijo…?

La abuela, riendo, continuó: —cuando mi hijo se robó a la niña…

—No me robo ¡Yo me fui con él!

—Bueno ¡Para el caso es lo mismo!— Explicaba la abuela sin dejar de reír. —Cuando trajo Abelardo a la niña dijo que se llamaba María Eugenia Reyes Interián, pero no sé por qué razón, cada vez que mi hijo se emborrachaba, y eso era todos los días (risas), traía mariachis y hacía que le cantaran a su mujer "La Valentina". Él comenzó a llamarla así y pronto todos le decíamos Valentina o Vale, olvidándonos de su nombre y de su apellido. Mis nietos no saben nada de esto e ignoran que son hijos de María Eugenia Reyes Interián. Así es que cuando les presenten los documentos que vas a dejar que vean de lejos, pero no les vas a entregar, sabrán que la casa y el rancho no están a nombre de su papá, lo que es cierto, y cuando vayan a acusarte con algún general y éste te llame, como conozco bien a los militares te aseguro que se morirá de risa por la travesura de un distinguido miembro del Ejército, comprenderán que es necesario frenar a René y a Daniel, para evitar que maten a su madre y al pequeño Jesús, y te felicitarán y apoyarán en todo.

La cara de susto de Vale cambió de pronto cuanto el Teniente Coronel Ifigenio comenzó a reír como loco y ella misma se entregó a la risa, confesando que había olvidado su nombre, porque todos le decían doña Valentina o doña Vale.

Al oír las risas entró a la casa doña Teté seguida de sus hijos y ante el trío que seguía carcajeándose, ella y los niños, sin saber por qué comenzaron a reír también.

Los niños tenían hambre. La abuela Julia ordenó que les prepararan quesadillas y pambazos y pronto la cena fue servida. Comieron todos abundantemente, se había hecho tarde, doña Julia ordenó que los llevaran a sus habitaciones, lo que al principio no quiso Ifigenio, pero doña Teté aceptó con verdadero agrado y ella y los niños lo convencieron de que era lo mejor. La casa era grande y cómoda, pero hacía frío porque sólo en la sala había chimenea . Entonces la dueña procedió a la multiplicación de las cobijas. Acostaron a los párvulos, los mayores se sentaron en la terraza trasera para ver la luna sobre los sembrados, el joven oficial recordó haber visto varias veces la luna reflejada en la laguna que lleva su nombre en el cráter del volcán; a una señal de la abuela trajeron tequila, mezcal, sangrita, cerveza, queso en cuadritos, rebanadas de queso de puerco y otras botanas que disfrutaron los cuatro hasta la medianoche cuando el frio y el sueño los hicieron retirarse a descansar.

Doña Teté y su marido despertaron tarde. Miraron el tranquilo paisaje desde su ventana. En bata fueron al cuarto de los niños, no los encontraron pero sintieron que de la cocina provenían deliciosos olores, siguiéndolos llegaron a una mesa llena de panes, chocolate, leche, huevos revueltos con tocino, huevos fritos, diferentes salsas, frutas de la región y de comensales en pijama, hambrientos, que ya se les habían adelantado.

Cuando los niños salieron Ifigenio preguntó cómo le harían para sacar a René y a Daniel de la casa y del rancho. Por lo visto doña Julia había pensado en todo.

—¿Habrá algún alto mando que no tenga casa en la Ciudad de México (antes llamada Distrito Federal), y tenga los medios para pagar una renta? Bueno, pues se la rentamos o se la prestamos por el término de su encomienda. Y en cuanto al rancho: ¿Crees que le agrade al General Secretario pasar un tiempo en el campo con su familia o con sus amigos? Se que el señor Gobernador, el Presidente Municipal, los diputados y demás políticos se desvivirán para que nada le falte a él, a sus invitados y a la guarnición que lleve.

—Cuando los muchachos sepan quién ocupa el rancho, huirán de la zona donde han cometido múltiples fechorías.

—¿Qué opinan ustedes de la segunda parte del plan?

—A mí me parece muy bien y divertido, dijo el Teniente Coronel. A mí también confesó doña Vale, pero me preocupa dónde quedamos Chucho y yo.

—¡Niña! Desde el principio el plan era que vinieran a vivir conmigo ¿No te acuerdas?

—¿Y las clases de mi hijo?

—Aquí hay secundaria.

—¿Y si no lo aceptan?

—¿Estás buscando pretextos para no venir? Nadie se atrevería a negarle cupo a un hijo del Coronel Zúñiga, y mucho menos a un nieto mío, porque saben bien la que les armaría.

—Nada más no olvides, Vale, que yo tengo que estar contigo cuando les des la noticia a René y a Daniel.

—Te van a insultar, van a intentar agredirte y entonces yo les daré un regaño cruel y hasta con mentadas de madre y para que sea creíble a ti también te pondré como palo de gallinero, por pendeja.

—Vale peló los ojos y la abuela sonriendo dijo, claro, todo será parte de la actuación, tranquilizando a su nuera.

—¿Y Chuchito?— Preguntó el militar

—A ese tú te lo vas a llevar Ifigenio y como sabes decir las cosas, con autoridad y cortesía, haciéndole saber cómo quisiste a su padre y cómo nos quieres a mí, a su mamá y a él, le contarás todo el plan y el hecho de que les estamos salvando la vida, porque sus hermanos son capaces de matarlos.

—¡Hecho!

—Abuela; Sólo necesito que me autorices, para contarle todo a mi esposa.

—Desde luego. Ella también es parte de nuestra familia.

—Después de todos los insultos que yo te dedique por no haberles sabido poner freno a tus hijos, les ofreceré trabajo a mi nieto y a ti como personal de servicio doméstico, tú te vas a ofender y les pedirás ayuda a tus hijos, la que te van a negar y así todo saldrá como lo estamos planeando.

La pobre Vale, asustada preguntó: —abuela ¿Cuándo vas a hablar con ellos?

—Más bien ¿Cuándo vas a hablar tú con ellos?

—Puede ser el próximo miércoles, porque por costumbre ese día van a comer conmigo y siempre me piden dinero, así es que me darán motivo para que les conteste como dijiste, abuela.

—¡Perfecto! Yo voy a "irte a visitar" ese día, escucharé todo y en el momento oportuno intervendré para poner a cada quien en su lugar.

Aunque la hora acordada eran las dos de la tarde, Daniel se presentó a las tres y René a las cuatro y media, indignándose cuando vio que su madre, la abuela y su hermano habían comido ya y les reclamó:

—Pinche vieja, ni siquiera puedes esperarnos, claro, eres una muerta de hambre y no sabes controlarte. Bueno, pues yo no como sobras, así es que no comeré aquí. Párate y dame veinte mil pesos que me urgen ¡Pero ya!

—René, hijo, escúchame por favor…

—¡Qué escúchame… ni que madres! No seas huevona vieja, párate y tráeme el dinero y unos tres mil pesos más porque tendré que comer en algún restaurantillo por ahí ¡Pero anda!— tronando los dedos —¡Jálale que yo no tengo tu tiempo!

—Rene, no puedo darte nada, porque nada nos queda.

El muchacho quedó petrificado y Daniel saltó de su silla, se quedó viendo a su madre, pero no pronunció palabra.

La que habló fue la Güera,[4] la mujer de René que con toda grosería se dirigió a su suegra:

—¿Cómo que no hay dinero? ¿Qué estás haciendo con el dinero de mi marido?

---

4. Expresión coloquial utilizada en México para referirse a una persona de cabello rubio, aunque también se utiliza como sobrenombre.

—¡El dinero de tu marido y mi dinero! terció Daniel ¿Qué has hecho con nuestra herencia madre?

—La mujer aterrorizada y a punto de llorar, les respondió que lo único que había hecho era darles a ellos todo el dinero que le pedían y que cuando se acabó el dinero que había en el banco comenzó a pedir prestado, hasta que le pidió su acreedor que le pagara y tuvo que pagarle con los únicos bienes que les quedaban, que eran la casa y el rancho.

Fuera de sí la Güera protestó: —¡Eso no es posible vieja! ¡Le estás robando a tus hijos!

—René, furioso amenazó a su madre: ¡A mí no me vas a robar pinche vieja! No sé tú Daniel, pero yo ¡La voy a meter a la cárcel!

Yo también, respondió Daniel. —Así es que te chingaste todo el dinero del banco y tuviste que pedir prestado ¡Eso que te lo crea el más pendejo! ¡Nunca nos has sacado cuentas de los ingresos del rancho! ¿Qué has hecho con ellos?

Vale llorando, volteó a ver a René y le respondió a Daniel: —pregúntale a tu hermano.

Daniel se le quedó viendo con odio y temor a su hermano mayor, mientras su madre continuaba:

—Desde que tu padre murió, René se apropió del rancho, todos los ingresos se los daban a él porque así lo ordenó, y no conforme con gastarse lo que producía comenzó a vender los caballos finos de tu padre, algunos los perdió en sus juegos, lo mismo que las costosas sillas de montar que tu padre atesoraba, así es que no quedaban más que el edificio, unos cuantos animales sin valor y muebles viejos. Pero ya ni siquiera eso es nuestro, también tuve que entregar esa propiedad.

Llorando les comunicó que el siguiente lunes tenía que entregar la casa y el rancho.

Rubén se le fue encima, pero Daniel y Jesús impidieron que le pegara, recibiendo ellos los golpes que Daniel devolvió, no así Chucho que protegió con su cuerpo a su madre.

Fuera de sí Rene pronunciando las palabras con odio amenazó a su madre: —¡Te voy a matar maldita! ¡A ti y a tus cómplices los voy a matar! ¡A mí no me vas a robar! ¿Quién fue el prestamista que te quitó lo que nos pertenece? ¡Dímelo para que lo mate!

—No hijo, no, por favor, no vayas a cometer una locura ¡La persona que me prestó el dinero lo hizo por el afecto que nos tiene y el que le tuvo a tu padre! Él no tiene ninguna culpa. En todo caso los culpables somos: ustedes, porque tiraron todo lo que debió ser su herencia, y yo, que por debilidad, por quererlos demasiado, no les puse freno.

—¡A mí nadie me pone freno, vieja! ¡Dime quién nos estafó para que nos devuelva lo que nos pertenece y luego lo mate!

—No hijo, no ¡Por favor!

Rene levantó la mano para pegarle, la madre se cubrió la cara y gritó: —¡El que nos ayudó fue Ifigenio!

—¿Ifigenio? ¿Ese muerto de hambre? ¿Y de dónde carajos sacó el dinero el soldadito ése?

Por primera vez intervino la abuela con gran aplomo. —El soldadito ése, dijo, es hoy el Teniente Coronel don Ifigenio Espota y Mariles.

René, riendo con sorna: —¿Teniente Coronel? ¡Pero si no era más que el gato de mi papá!

—Pues ahora, Ifigenio es un respetado militar, cuya carrera sigue en ascenso por sus méritos y por el apoyo de los más altos mandos del Ejército.

—¡Pues a mí, él y sus padrinos me valen madre! ¿Dónde lo podemos ver?

En la Secretaría de la Defensa Nacional, respondió doña Julia.

—Mañana mismo iremos a verlo ¿Verdad Daniel?

—Si hermano, desde luego.

—Hijos—, dijo Vale con voz suplicante, —a partir del lunes no tendré adonde ir, no tendré casa. Por favor, nos darían posada a Chuchito y a mí.

—Nosotros no tenemos lugar en casa para ustedes, dijo la Güera y nuestro servicio está completo. Tal vez Daniel pueda ayudarles.

—¡Yo no! Respondió el aludido, apenas tengo para sostenerme ¡No puedo hacerme cargo de nadie más!

—Pues yo necesito ayuda en los trabajos de la hacienda, declaró la abuela Julia. Puedo darles techo y comida a mi nuera y a mi nieto ¿Te parece bien Jesús?

Chuchito, asustado y abrazado de su madre, asintió con la cabeza .

—Bueno, pues el lunes a las ocho de la mañana enviaré la camioneta por ustedes.

—Mientras tanto podemos llevarnos todos los muebles de la casa—, dijo Daniel dirigiéndose a René.

Doña Julia señaló a unas personas a las que no habían notado antes, que al parecer tomaban razón de todo el contenido de la casa.

—Nietos—, señaló la abuela, —no creo que puedan llevarse nada. Ifigenio mandó a hacer un inventario y lo están revisando.

—¡Me vale madre!— Exclamó René. Los que certificaban el inventario voltearon a verlo. Sin decir nada uno de ellos salió de la casa, volvió casi de inmediato y detrás de él entraron soldados armados que tomaron posiciones dentro de la casa.

René, fingiendo un valor del que carecía se dirigió al que se había quedado revisando el inventario y le dijo: —¡Fuera de mi casa! ¡Se salen o les saco!

En ese momento fue sujetado por dos de los soldados armados que lo sacaron a la fuerza de la casa. Cuando la Güera quiso intervenir sufrió la misma suerte.

Daniel no se movió y nadie se metió con él.

Los soldados volvieron a sus posiciones.

—¿Y esto?— Preguntó Daniel.

—Con el Ejército no se juega nieto. A los soldados hay que respetarlos. La casa ya no es de ustedes y tu hermano lo olvidó, no cometas el mismo error.

—Vale, creo que lo mejor es que hoy mismo se vayan conmigo tú y Chucho. Llévense ropa y lo más indispensable. De aquí al lunes tendremos tiempo suficiente para recoger otras cosas. Vamos Chucho, ayuda a tu mamá a empacar.

—Abuela, no te enojes, pero preferiría que me dijeran Jesús; ni Chuchito ni Chucho, Jesús, por favor.

La abuela sonrió y le dijo que le parecía bien y lo tendría en cuenta, —pero si se me va alguna vez ¿Me podrás perdonar?

Jesús la abrazó amorosamente, doña Julia le correspondió besándolo con tanto cariño que asombró a Vale.

El chofer de doña Julia metió la camioneta a la cochera, subieron las cosas que iban a llevar, se despidieron del personal de la casa y de los elementos militares, salieron y las rejas de entrada se cerraron detrás de ellos. El antiguo Chucho y su mamá se miraron, se abrazaron y así abrazados llegaron hasta el ranchito de la abuela. Para cuando llegaron sus lágrimas se habían secado.

Al día siguiente Jesús se levantó con el canto del gallo, se lavó la cara y se dirigió a la cocina. Ya la abuela y sus ayudantes habían puesto la mesa y estaban preparando comida que olía delicioso, tanto que el muchacho se sentó y cuando quiso comenzar a comer llegó su madre muy contenta y tranquila por primera vez en varios años. Juntos disfrutaron el desayuno.

Doña Julia les contó que muy temprano se había comunicado con Ifigenio, lo puso al tanto de todo y le advirtió que los “muchachos” iban a visitarlo ese día. Le pidió que cuando salieran de su oficina le hablara para saber qué había pasado y en eso quedaron.

Capítulo II
El encuentro con la realidad

A las diez de la mañana llegaron los Zúñiga al edificio de la Secretaría de la Defensa Nacional, pretendieron entrar sin identificarse en la entrada, sin hablar con nadie. Fueron detenidos hasta que llegó un elemento con cara de pocos amigos que los regaño señalándoles que nadie puede entrar sin autorización a instalaciones militares y cuando los interrogó dijeron que querían hablar con Ifigenio Espota. El cabo frunció el entrecejo ordenando que los sacaran a la calle, porque ahí no había ningún Ifigenio Espota. Daniel alcanzó a decir: —buscamos al Teniente Coronel Ifigenio Espota y Mariles.

—¡Ah! ¡A ese jefe lo conocemos!— Ordenó el militar que los llevaran a una oficina, donde los sentaron, vigilados. Cuando se medió repusieron del susto preguntaron al joven soldado que estaba en el escritorio si podían hablar con el Teniente Coronel Ifigenio Espota y Mariles y el militar volteó a verlos despectivamente y sólo les dijo con voz de orden: —¡Siéntense!

Varios militares entraron y salieron del despacho del Teniente Coronel mientras ellos esperaban y ya no se atrevieron a insistir. Después de más de dos horas de espera por fin los hicieron pasar al privado del Teniente Coronel y estuvieron de pie otros veinte minutos hasta que dejó de hablar por teléfono, se acercó un ayudante, los anunció en voz baja y el jefe sin mayor cortesía les dijo: —tomen asiento ¿Qué les trae por aquí?

René comenzó: —mira Ifigenio…

—¡Teniente Coronel para ustedes, señores!

Daniel muerto de miedo intervino: —Teniente Coronel, déjeme presentarme, yo soy Daniel Zúñiga Paredes y mi hermano es René Zúñiga Paredes, somos hijos del Coronel Abelardo Zúñiga Paredes ¿Nos recuerda?

—Sé quiénes son ¿Qué quieren?

La sequedad de la respuesta los intimidó.

Tratando de sobreponerse a su miedo, con una voz temblorosa René le dijo:

—Queremos que nos devuelva nuestra herencia que le arrebató a nuestra madre.

Levantándose de su asiento, con ojos de bayonetas, pero sin perder la calma, el militar les exclamó: —me están ofendiendo y eso no lo permito. O me prueban sus acusaciones o les juro que haré que se arrepientan de atentar contra mi honor.

Daniel, intentando calmarlo dijo que querían saber cómo y por qué habían sido despojados de su herencia, pero fue como echarle gasolina al fuego.

—¿Cómo y por qué? ¡Yo se los voy a decir!

—Muchas veces le advertí a mi coronel que les estaba convirtiendo en holgazanes y delincuentes, pero él no dejó de mal criarles. Festejaba sus borracheras, encubría su consumo de drogas, les sacaba de los problemas ocasionados por el juego y les daba todo lo que pedían, igual fuera dinero que autos de lujo, relojes caros, ropa de marca y cualquier excentricidad que se les antojara. Pero cuando él murió dejó de haber ingresos en la familia. Agotaron los recursos que en bancos le dejó a su madre.

—Tú Rubén te apropiaste de la hacienda, hiciste que todas las utilidades te las entregaran y no conforme con eso también vendiste los caballos de raza que tu padre criaba ¡Y el colmo! Vendiste su colección de sillas de montar que eran dignas de estar en el museo de la charrería. Te jugaste la fortuna de tu familia. Y tú Daniel, te limitaste a vivir independiente y a tener dinero para tu vicio. Tu herencia te la gastaste en drogas.

—Cuando doña Vale se quedó sin nada comenzó a pedir prestado porque ustedes exigían sin límite.

—Acudió a mí y la salvé de los usureros. En contra de mi voluntad, porque muchas veces le dije que debía ponerles a trabajar y dejar de darles dinero, siguió haciéndolo, hasta que tuvo que comprometer las propiedades que le quedaban, que ahora son de la señora María Eugenia Reyes Interian y debe entregarlas el próximo lunes. Por su culpa ha perdido todo, ahora ella y Chuchito tendrán que buscar donde vivir, porque no creo que ninguno de ustedes ¡Mentecatos! Se haga cargo de ellos.

—Mi esposa me ha dicho que podríamos llevarlos a nuestra casa como ayudantes, pero no quiero que una noble dama esté como nuestra trabajadora doméstica. Su madre fue siempre muy buena conmigo y pienso protegerla de todo y contra todos. Así es que ya lo saben ¡No quiero enterarme de que le han faltado al respeto a su madre, porque entonces yo se las romperé! ¡Largo de aquí y no quiero volver a verlos!

—¡Sargento, saque de aquí a estos imbéciles!

Ni siquiera intentaron resistirse.

Pero como los hermanos tenían que desquitar su furia con alguien, pasaron por la Güera y se fueron directamente a Almoloya. Llegaron al rancho de la abuela y entraron como vándalos pateando y destruyendo todo a su paso, hasta llegar a la terraza en que estaban doña Julia, doña Vale y Chucho.

René se le fue encima a su madre, la tomó por el cuello y llamándola perra comenzó a sacudirla y a exigirle las escrituras de la casa y del rancho. Cuando la abuela se levantó y se fue sobre él, este la empujó, luego pateó a Chuchito que también quiso defender a su mamá. Doña Julia se levantó, abrió un cajón del trinchador, sacó un arma, la disparó contra Rubén que sintió la bala rozar su oreja derecha, horrorizado soltó a su madre, volteó hacia doña Julia, vio que le apuntaba sonriendo, aclarándole la abuela que no había fallado el tiro, que no quiso matarlo. No te di a propósito, pero la siguiente bala la situaré en tu frente.

Alertados por el disparo entraron los peones de la finca, comprendieron la situación, golpearon y patearon a los intrusos mientras doña Julia y doña Vale agarraron a la Güera, le dieron de bofetadas; el personal las ayudó a inmovilizarla en una silla, con unas tijeras que la dueña de la casa le pidió a Chucho, le cortaron el pelo por mechones, la soltaron y le patearon el trasero hasta que la sacaron de la casa, mientras que los peones tiraban como bultos a los hermanos maleantes.

La Güera gritaba histérica, los hermanos trataban de levantarse, cuando lo consiguieron vieron que un ayudante se llevaba el coche en que llegaron y a doña Julia y a doña Vale riendo en la puerta de la casa, rodeadas de sus empleados, escucharon una voz que jamás habían oído, la de su madre llena de valor, que informaba que la factura del lujoso auto deportivo estaba a su nombre y que en ese momento lo había recuperado de quienes se lo habían robado.

Los dos hombres y la mujer durmieron en la cárcel por orden del Presidente Municipal que al oír lo que contaron declaró que habían cometido diversos delitos en contra de una de las mujeres más queridas y respetadas del pueblo, y que ahí permanecerían hasta que fueran puestos a disposición del Ministerio Público para que los consignara a un juez y los metieran a la penitenciaría.

No pudieron dormir. Cansados, adoloridos, indignados, pensando en venganza, fueron llevados a la mañana siguiente ante el Presidente Municipal para ser informados de que doña Julia no había querido levantar cargos, por lo que estaban libres, pero no quería verlos nunca más en el pueblo. Ordenó que los llevaran a la estación de camiones. Preguntó si tenían dinero para los pasajes, contestaron afirmativamente, escoltados llegaron a la terminal. Los policías permanecieron a su lado hasta que se subieron al camión.

El Primer Edil llamó a la señora, le contó todo lo ocurrido quedando a sus órdenes para lo que se ofreciera Su comadre doña Julia le dio las gracias, preguntó por el ahijado y por el potrillo que su padrino el Coronel le había obsequiado, enterándose de que ambos estaban bien.

Entonces la abuela llamó a Ifigenio y le contó todo, absolutamente todo lo ocurrido, "con pelos y señales", como decía el Coronel. Su amigo, rio bastante, compartió con ella lo ocurrido en su oficina e informó que a la mañana siguiente desayunaría con el señor Secretario para enterarlo de los sucesos y del porqué de ellos, antes de que alguien le mal informara.

Los tres durmieron a pierna suelta. Doña Vale y Jesús no recordaban haber dormido tan bien y tan tranquilamente desde que se fue al cielo don Abelardo. La abuela despertó radiante, contenta de haber vuelto a la vida, porque hacía mucho que no tenía acción.

—¿Vieron sus caras, preguntó a sus parientes? ¡Por poco se hacen en los pantalones!

—¡Y la Güera! ¡Caray nuerita, no sabía que tenías calzones! ¡Qué paliza le dimos!

Jesús, que no dejaba de reír, a duras penas entre carcajadas agregó: —y la pinche Güera que tanto nos odia y tanta lata ha dado ¡Que cómica se veía con la cabeza llena de greñas disparejas! ¡Va a tardar mucho en crecerle el pelo y en podérselo peinar!

Al día siguiente, cuando llegó el Secretario de la Defensa a sus oficinas estaba de excelente humor. Había desayunado con el Teniente Coronel Mariles (así le decía a Espota) y le encantó lo que la Julia y la viuda del Coronel Paredes (realmente debía ser Zúñiga) le hicieron a los rufianes que el papá formó y que abusaban siempre de su progenitor (que lo disfrutaba) y luego abusaron de la Valentina.

—¡Bien por Ifigenio!— Se decía, cuando le anunciaron en sus oficinas que los hermanos Zúñiga Paredes pedían hablar con él, acompañados de una señora joven que parecía estar mal de sus facultades mentales el general rio con todas sus ganas. —¿Qué fecha es hoy?— Preguntó a su auxiliar, —junio 27—, respondió éste. —Muy bien, dales cita para el 19 de noviembre a las seis de la mañana en el Campo Marte.

—Si señor.

Al enterarse Rubén y Daniel sintieron que les dieron un puñetazo en el estómago y quedaron inmóviles en sus sillas pero la Güera se levantó, comenzó a pegar de gritos, llamó hijo de puta al alto mando, empujó al portador del mensaje, trató de entrar a la fuerza a la antesala del despacho del señor Secretario, el auxiliar pidió guardias para sacarlos, el Secretario lo llamó, regresó el subalterno donde estaban los detenidos, acudió personal de enfermería con una camisa de fuerza, pelearon con la fiera pelona, pero se la lograron poner; entre varios la sacaron del edificio, la subieron a una ambulancia y la llevaron al hospital psiquiátrico de la capital, adonde llegó sedada con aspecto horripilante, pasó a valoración y de ahí a un pequeño cuarto con paredes acolchonadas.

René y Daniel ocuparon un taxi para seguir a la ambulancia. Se bajaron en el psiquiátrico, indagaron por la paciente que acababan de ingresar, les preguntaron si eran parientes de ella, René respondió que sí, entonces le pasaron una hoja para llenar, lo comenzó a hacer en forma confusa pero cuando llegó a los datos del responsable económico de la paciente, discretamente dejó sobre el mostrador de la recepción la tablilla con el formato, jaló a Daniel, salieron de las oficinas, subieron al primer camión que pasó por ahí y ya a bordo le contó a su hermano menor lo de la responsabilidad económica.

De camión en camión llegaron a la casa de René donde el servicio esperaba la paga de la semana anterior, que no sólo no recibió, sino que los empleados además fueron insultados de la forma más soez por el energúmeno que tenían enfrente y los sacó de la casa después de amenazarlos.

No habían pasado más de veinte minutos cuando se presentó personal militar para ocupar la casa. Daniel quiso oponerse pero lo enteraron de que la propiedad ya estaba a nombre de una extraña. Suplicó que lo dejaran sacar sus cosas y las de su esposa, los elementos accedieron dándole treinta minutos para hacerlo. Entró a su habitación, sacó la caja con sus relojes y plumas, la de las joyas de su mujer, algunos trajes, camisas, zapatos y el tiempo se le acabó. El capitán a cargo de la operación le brindó personal de ayuda para que subieran las cosas a uno de los camiones que habían llevado, permitiendo que los dejaran en el departamento de Daniel, en la colonia Roma.

René no preguntó dónde podía quedarse, llevó sus cosas a la recámara principal, las acomodó y ordenó a Daniel que sacara su basura de ahí, porque en adelante ése sería su cuarto. Daniel, acostumbrado a obedecer al hermano por el temor que desde niño le había tenido, no protestó, sacó alguna ropa del closet de su recámara, una pequeña caja y papeles, y los llevó a la otra habitación. En verdad René no mentía, el departamento era un auténtico basurero y olía a marihuana. De la caja que llevó el menor de ellos a su cuarto sacó papel de arroz, lió un cigarrillo y plácidamente se dedicó a fumar su hierba. Estaba tranquilo, tendido en la cama cuando entró furioso su hermano —¡Hijo de puta, aquí no puedes drogarte! ¡Largo de aquí!

Daniel sin perder la calma, con gran tranquilidad respondió: —aquí puedo hacer lo que yo quiera, porque este departamento es mío, si, mío, porque mi papá lo puso a mi nombre cuando lo compró, tal vez pensando que alguien intentaría quitármelo. Así es hermanito que mientras me respetes y me trates bien te daré asilo, pero si me haces enojar también tengo otras drogas que me excitan y pueden llevarme a asesinar. No me pongas a prueba.

Siempre he hecho lo que tú quieres, pero en mi cuchitril es mi voluntad la que cuenta.

—Por cierto, tengo refrigerador y estufa, pero ningún alimento. Si quieres comer tendrás que comprar la comida y te lo anticipo, yo no compro víveres, pero todo lo que entra a mis pequeños dominios es mío.

Ni se inmutó cuando su hermano salió dando un portazo.

René estaba totalmente desconcertado. Su hermano nunca se había atrevido a contradecirlo. Desde niño había sido prácticamente su esclavo. Estaba furioso contra su madre, contra su abuela, contra su padre, contra su hermano, contra el traidor de Ifigenio, pero también estaba desesperado, se sentía sólo, abandonado, perdido sin recursos, sin su automóvil, sin casa. ¿Qué les iba a decir a sus amigos ? ¿Cómo iba a pagar sus deudas ? Sus relojes valían mucho. Le habían costado mucho, pero ahora que necesitaba venderlos seguro que tratarían de abusar de él ofreciéndole poco dinero.

Las plumas habían sido costosos regalos que le hicieron a su padre y cada una tenía una historia. Pensaría quien podría interesarse en ellas y en las alhajas de su mujer, pero no podía intentar vendérselas a ningún amigo, porque además de que enterados de su situación intentarían machetearlas, seguramente dejarían de juntarse con él como siempre habían hecho con los jodidos.

Entonces decidió dos cosas: acudir a un abogado para que demandara a quienes lo habían despojado de sus bienes, y que el abogado fuera un extraño, porque no podía confiar en sus amigos.

Estuvo indagando acerca de los abogados más hábiles, de los más cabrones, y consiguió varios nombres. Eligió a tres. Los visitó, contó su caso y lo que quería, gastando sólo en las consultas lo que le habían pagado por una pluma de colección. Los letrados no demostraron mayor interés en atenderlo aclarando que sólo por aceptar el caso cobrarían lo que en ese momento era para él una fortuna.

Se vio obligado a cambiar de opinión y pedirle ayuda a uno de sus amigos, abogado e hijo de un prominente jurisconsulto. El amigo aceptó atenderlo pidiendo como anticipo la preciosa pluma de oro que en ese momento llevaba el cliente, comprometiéndose a hablar con el General Secretario de la Defensa, con el que su papá tenía amistad, y lo hizo. Solicitó una entrevista; en atención a que era hijo de una persona a la que estimaba se la concedió el Secretario para el siguiente lunes. Escuchó con atención al joven licenciado que iba, según dijo, en representación de un buen amigo y al finalizar su exposición sonriendo le dijo que no podía felicitarlo por sus amistades, ya que los hijos del Coronel Paredes eran delincuentes que enlodaban el buen nombre de su padre y habían dejado en el abandono a su madre y a su hermano menor, cosa que sabía porque el Teniente Coronel Ifigenio Mariles le había contado que fueron a amenazarlo y luego los hermanos y una vieja loca pretendieron entrar a la fuerza a sus oficinas.

El Alto Mando militar adoptó un tono y una expresión que llenaron de miedo al novel letrado que se fue sumiendo en su asiento. Al terminar el general sonriendo le aconsejó que eligiera mejor sus batallas, porque ésa estaba perdida y mancharía a cualquiera que intentara ayudar a quienes eran capaces de abandonar a su madre, de pegarle y amenazarla con quitarles la vida a ella y al menor de los hermanos. Entonces le preguntó con suma seriedad si valía la pena arriesgar su prestigio y el de su padre atendiendo a canallas —¿Es mucho lo que vas a cobrar? Porque no creo que tenga tu amigo con qué pagarte o ¿Te va a convertir en pájaro llenándote de plumas? Porque sabes una cosa, esa pluma con que en tu nerviosidad has estado jugando, yo se la regalé al papá de tu amigo y supongo que fue su primer pago ¿Me equivoco?

—Tartamudeando— Dis…dis…disculpe, señor se… see.. Secretario, yo…yo no sabía…

—Me lo imagino, porque conociendo a tus padres y a toda tu familia, sé que ustedes son gentes decentes y que sólo engañado pudiste pedir ayuda para esos hijos desnaturalizados.

—El señor Secretario se levantó muy serio, tendió la mano al profesional, lo sintió helado. Estaba tan pálido que temió se desmayara ahí. Dando traspiés, el muchacho temblando salió del despacho del Alto Mando y con movimientos involuntarios de las piernas alcanzó a salir del edificio, se le cayeron las llaves del auto cuando intentó abrirlo, los temblores no le permitían poner la llave en el switch, decidió tomar su tiempo para calmarse, se sentó frente al volante, haciendo respiraciones profundas, cuando dejó de temblar e iba a arrancar el auto se acercó un militar extrañado porque había abordado el auto y no salía del estacionamiento. El muchacho no lo había notado y cuando oyó los golpecitos en el cristal y vio al soldado, se desmayó.

Recuperó el conocimiento en una cama, mientras era atendido por un médico y enfermeras.

Le comentaron que el señor Secretario había ordenado que una vez recuperado lo llevaran a su casa, que un elemento condujera su coche hasta allá y que le había informado a su familia. Se hizo lo que el jefe dispuso, y listo.

René, sabedor de la cita que tenía Ernesto con el Secretario, lo estuvo buscando durante una semana hasta que el Licenciado Olguín lo vio en la sala de espera de su bufete y le preguntó qué hacía ahí. Dijo que quería hablar con su abogado, que hacía días que buscaba a Ernesto sin que lo atendiera. El dueño del despacho le pidió que se retirara porque nadie de su firma lo representaría ya que era una vergüenza para la humanidad y quien se asociara con él tendría que ser un monstruo. Los clientes que esperaban en la sala se asustaron porque nunca habían visto tan enojado al reconocido jurista. René recorrió sus rostros con la vista y salió de la oficina con obstrucción en la garganta sabiendo que estaba en problemas.

Volvió al departamento de Daniel y se encerró en su cuarto. El olor a hierba quemada cubría cada rincón del pequeño lugar, quiso reclamarle a su hermano pero vio que no estaba sólo. Tenía dos amigos y una mujer en su habitación y todos fumaban. Volvió a su cuarto, se acostó, se tapó la cara y no se dio cuenta del momento en que se quedó dormido.

Capítulo III
El rábula

René despertó dieciocho horas después porque el hambre lo consumía. La puerta de la otra habitación estaba abierta. Vio que Daniel estaba sólo, aparentemente dormido; fue al refrigerador que estaba vacío, tomó agua de la llave en un vaso que intentó lavar pero no había detergente, sacó todo el dinero que le quedaba comprendiendo que ni siquiera podía desayunar una torta con él, regresó por la caja de alhajas que había escondido, sacó una pulsera de oro, caminó hasta una casa de empeño, obtuvo la quinta parte del valor de la prenda, desayunó unos tacos; se dirigió a la oficina de un gánster disfrazado de leguleyo que había servido a sus amigos y a él para asuntos turbios, entró sorteando muebles y cajas, porque el sujeto dijo que estaban por entrar pintores para arreglarle las paredes de en dicha oficina, le planteó sus problemas cuidando de decirle sólo lo que le convenía, seguro de que lo estaba haciendo bien.

El zorro sonreía mientras imaginaba cómo iba a desplumar a ese gallito. Aceptó el caso, pidió trescientos mil pesos de anticipo, el cliente dijo que no los tenía pero que podía entregarle algunos relojes finos que valían mucho más o si prefería efectivo empeñaría las prendas y le llevaría el dinero, pero que perderían una buena suma porque en las casas de empeño se aprovechaban de los pignorantes, como había comprobado hacía unos minutos con una pulsera de oro que empeñó y le dieron cuando mucho la quinta parte del valor. Sacó la boleta de empeño, se la enseñó al licenciado, éste dijo que era un abuso del prestamista, una barbaridad, que le dejara la boleta para que encarara al que lo había defraudado.

Lo hizo, quedaron en verse media hora después para entregar el anticipo. Llegó con cuatro relojes, tres Rolex y un Cartier, el licenciado Perrusquía aclaró que los aceptaba como abono aun cuando no cubrían el primer pago, sabiendo que realmente lo triplicaban. Manifestó que por la hora ya no podía hacer nada, pero que a las diez de la mañana tendría listo un amparo que solucionaría todo.

Desde las nueve llegó René al bufete, media hora más tarde llegó un señor de tez morena de unos cincuenta años, vestido de overol, con tres personas más jóvenes, abrieron la puerta, el cliente se asomó para entrar, el hombre de mayor edad, que al parecer era el jefe le preguntó a quién buscaba, René le dijo, y entonces uno de los hombres jóvenes sonriendo le informó que el abogado Perrusquía había desocupado la casa la noche anterior, porque el dueño se lo había exigido por falta de pago.

—¿Cómo? ¡Es imposible! Me dijo que lo viera aquí hoy ¿Dónde lo puedo encontrar? Inquirió René.

—Pues si no está preso por sus numerosos fraudes, debe estar en algún hueco de ratas, fue la respuesta.

—Bueno, tal vez el propietario pueda darme razón de él ¿Dónde lo puedo encontrar?

—Mira muchacho, el dueño de la casa es peor que el rábula que estás buscando. No mató ayer en la noche a Perrusquía sólo porque logró quitarle unos relojes caros, que a algún tarugo le había robado u estafado. Y como dice el patrón que ladrón que roba a ladrón tiene cien años de perdón, pues el patrón está perdonado. No te acerques a él. Sólo porque al conocerte le caigas mal, puede matarte.

Furioso René vociferaba: —¡Voy a hallar a ese charlatán y lo voy a matar!

El joven encogiéndose de hombros le aconsejó: —¡Tenga cuidado! Si intentas vengarte de él, sólo vas a salir lastimado.

La fiera herida regresó a su madriguera. Nuevamente estaban los amigos de Daniel. Maquinalmente abrió el refrigerador y ¡Oh sorpresa! Encontró un plato con brownies que se comió aprovechando que no lo veían. Cerró su puerta, se metió a la cama, poco a poco se fue calmando, comenzó a tener calor, se quitó la ropa, salió de su habitación, entró a la de Daniel, lo recibieron con júbilo, le dieron cigarrillos y un lugar entre ellos, una de las amigas le dio peyote, lo consumió, su mente dejó la tierra, todo se volvió de brillantes colores, vio a Perrusquía en un prado azul, rodeado de una mancha amarilla, vio a la Güera flotando hacia él, le hizo el amor, luego todo se volvió negro, perdió la conciencia, según le dijeron estuvo así cuarenta y ocho horas, despertó con mucha hambre, volvió a comer brownies sin saber que eran de marihuana y se acostó. Al despertar ya no estaban su hermano ni sus amigos.

Nuevamente durmió, durmió mucho, despertó con el deseo de ver a la Güera pero significaría tener que pagar el hospital y no tenía modo de hacerlo.

En camiones llegó a la antigua casa de sus padres, vio jugando en el jardín a unos niños, reconoció a Ifigenio y a su esposa, el Teniente Coronel lo vio, se levantó del césped y se acercó a él. —No puedo decirte que es un gusto verte y menos en el estado en que te encuentras ¿Desde cuándo no comes? Cuánto hace que no te bañas? Estás consumiendo drogas? ¿Tienes algún dinero?

Con una sonrisa triste le dijo que no creyó que le volviera a dirigir la palabra, le dio las gracias por hacerlo, reconoció que no tenía dinero, contó que se estaba quedando con su hermano, que había comido muy poco en la última semana y no recordaba cuando tomó el último baño. Ifigenio no lo invitó a pasar pero le dijo que esperara. Regresó con dos mochilas que contenían ropa y una bolsa de papel con sándwiches, abrió la reja, salió un vehículo con chofer y dio instrucciones de que lo llevaran adonde quisiera. —Por cierto,— dijo, —no has preguntado por tu mujer pero quiero decirte que llamamos a sus papás y ya está con ellos. Cuando te sientas mejor puedes ir a verme a mi oficina. Dándole una palmada en el hombro izquierdo le dijo ¡Suerte! Entró a la casa y cerró la reja.

Cuando entró al departamento ya estaban en él Daniel y sus amigos que conocía bien porque prácticamente vivían en el departamento y media docena de agentes investigadores del Ministerio Público y de la policía ministerial. Le preguntaron donde había estado la última semana, específicamente en la noche del lunes, respondió sin dudar que ahí, en el departamento de su hermano; que si a alguien le constaba dónde había estado, dijo que si, que a su hermano y a sus amigos que estaban ahí presentes. Le pidieron que les mostrara sus manos, las revisaron. Que abriera la boca. Lo hizo. Observaron y comentaron su dentadura completa, dándose por satisfechos "por el momento", según el comandante.

Al retirarse los agentes de la policía ministerial (judiciales) René preguntó —¿Qué pasó"? Le dijeron que habían revisado todo el departamento. Al parecer creyeron que encontrarían droga pero por suerte se habían acabado toda, salieron a conseguir. El proveedor no tenía, Marcos y Francisco se quedaron esperándolo, los demás comieron tortas en una tienda y cuando entraron al departamento irrumpieron los sujetos que habían visto parados en la puerta del edificio.

El corazón le dio un vuelco al mayor de los hermanos cuando recordó sus cajas. Fue a su cuarto a revisar sus escondites y comprobó que no los habían hallado. Habían pateado el cesto del papel higiénico usado, pero no lo revisaron y habían sacado los cajones de la cómoda, llenos de ropa sucia pero no revisaron la tapa posterior del mueble en la que pegó la caja con las prendas de su mujer. Todo estaba milagrosamente intacto porque lo que buscaban no eran ni las plumas ni los relojes ni las alhajas y al parecer, tampoco drogas.

Marlene, una de las habituales del departamento de Daniel salió dizque para comprar refrescos pero lo que querían era cerciorarse de que los policías ministeriales se hubieran ido y no fueran a encontrarse con los amigos que traerían "sus cosas". De hecho cuando ellos venían notaron algo raro. La portera salió del edificio para avisarles lo que ocurría y decidieron ir a casa de otro de la pandilla de adictos, Marcos, que vivía muy cerca de ahí. Francisco, otro de la banda de consumidores regresó, vio a Marlene, la ayudó con los refrescos, entraron al departamento, se contaron lo ocurrido decidiendo ir todos, por diversos caminos a la casa de Marcos.

Ahí se enteraron de lo que buscaba la policía. Cuatro noches atrás había sido asesinado un licenciado de muy mala reputación, de apellido Perrusquía o Parrusquilla, cuyo último visitante fue un hombre joven al que siguió cuando salió de su oficina, apuntó su dirección en una tarjeta, lo que, junto con la declaración de los trabajadores que a la mañana siguiente fueron a limpiar y arreglar el despacho del leguleyo y habían oído al muchacho decir que lo mataría, lo hicieron sospechoso. El supuesto letrado fue asesinado a golpes pero por lo visto se defendió porque sus nudillos estaban lastimados y habían hallado tirado en el suelo un diente de su contrincante.

Capítulo IV
Almoloya y la preparación para el futuro

Con el paso del tiempo ahí en el campo de Almoloya al cuidado de la abuela Julia se habían repuesto Valentina y Jesús, el hijo demostró ser un buen trabajador en las labores del campo. Tenía como maestro al capataz, nativo de ese pueblo y que trabajó en el Ejército bajo el mando del Coronel al que debía (según él) respeto y fidelidad que sin duda demostraba.

En unas cuantas semanas el muchacho se había transformado. Su cuerpo musculoso se había erguido, adquirió seguridad y al erguirse aparentaba mayor estatura. Fue bien recibido por las muchachas he invitado a jugar futbol americano teniendo como entrenador al hijo del capataz que se decía había jugado profesionalmente hasta que se lesionó una rodilla y volvió al pueblo a trabajar al lado de su papá. Casó y ya tenía tres hijos, el mayor de la misma edad que Jesús con el que hizo amistad conociendo en su compañía los más bellos rincones de esa comarca. Ambos aficionados a la aventura y a los deportes extremos, subieron las montañas cercanas a Almoloya, pasaron muchas noches acampando en el Nevado de Toluca contemplando el cielo, viendo el reflejo de Selene[5] en su laguna y el de Apolo en la suya[6], observando a los animales que sin temor se les acercaban, haciendo

5. Reflejo de la luna.
6. Tu sombra.

fogatas a cuyo alrededor se reunían otros amigos, disfrutando una naturaleza desconocida por los capitalinos.

Su amigo lugareño le habló de un extraño fenómeno que se daba en el ojo de agua que estaba frente a la pequeña iglesia del pueblo: una raya en el agua. El capitalino dijo a sus amigos que era imposible que se formara una raya en el agua por lo que fueron todos juntos al ojo de agua y vio que era verdad. Se distinguía perfectamente la raya. Movía el agua con una rama, se desdibujaba la raya apareciendo de nuevo al cesar el movimiento. Escuchó también leyendas como la de la vez que se secó el manantial. Decían que cuando les construyeron a los vecinos una iglesia nueva, más grande que la antigua, acordaron los lugareños trasladar la imagen de la virgen al nuevo templo, pero que tuvieron que regresarla al antiguo porque al sacarla de su santuario se secó el ojo de agua.

Contaban los chamacos que al traer la imagen de vuelta al antiguo y pequeño tempo, el agua volvió a fluir y a alimentar el riachuelo. Le contaron que sus abuelos dicen que Almoloya es un nombre derivado del Náhuatl y que significa algo así como lugar de donde mana el agua, refiriéndose el escudo de la ciudad también al ojo de agua. Jesús no recordaba haber pasado en la capital momentos de tanta alegría, de tanta camaradería como los que estaba viviendo en el lugar donde nace el agua. De dónde sacaban sus nuevos amigos las citas históricas desde los primeros pobladores, pasando por la conquista, la época colonial, revolucionaria y reciente, no lo sabía, pero cuanto le contaban nutría su mente, y su espíritu. Ahora tenía sentido de pertenencia.

Durante mucho tiempo no supieron de los hijos mayores, de Vale. Mejor dicho no hubo comunicación con ellos, porque la portera del edificio de Daniel que recibía de la abuela Julia su dotación de huevos semanalmente y los elotes[7] de la cosecha de

---

7. Mazorcas

cada año, adoraba a la señora, la mantenía informada y obedecía sus órdenes. Ifigenio, por su parte le informaba todo lo que ocurría. La mujer decidió no hablarle a Vale de sus hijos. Las pocas veces que preguntó le respondió que "sabía que estaban bien", y listo.

Desde un principio el Teniente Coronel, que no tenía casa propia en la Ciudad de México, pidió en alquiler la residencia de doña Vale que se la dio encantada por la cantidad que él propuso y gustosamente prestaba al señor Secretario el Rancho Grande para que fuera a descansar con la familia y con los amigos, lo que comenzó a ocurrir con tanta frecuencia que los vecinos pensaban que lo había adquirido en propiedad.

Reparó la casa y los corrales, metió caballos nuevos, recuperó algunas de las sillas de montar del Coronel, restauró el viejo piano y embelleció el rancho pagando todo de su propio peculio. Algunos de los caballos más finos que ahora se hallaban en la propiedad se los regalaron funcionarios, gobernadores, el señor Presidente, que disfrutó muchas veces en privado su hospitalidad, y muchos políticos que fueron al sitio.

Doña Julia nunca hablaba de dinero, pero cuando Jesús cumplió catorce años le comunicó que había decidido enviarlo a estudiar a una universidad americana en la que el capataz había estudiado y jugado futbol. Tiburón (que así le decían a Tiburcio chico) aún tenía amistades ahí, ya las había contactado, lo podían admitir cuando terminara la secundaria, es decir, el siguiente año y era muy importante que perfeccionaran su juego él y José Luis, el hijo del entrenador y mejor amigo de Jesús. Sabiendo que su amigo estaría con él, no hubo resistencia por su parte. Vale lloró, pero acató las órdenes de su suegra.

Un día el nieto preguntó a la abuela cómo hizo para conocer a tantas personas y por qué la gente del pueblo la adoraba.

La pregunta le hizo mucha gracia a doña Julia, y poco le afectaba hablar de ella o de su pasado, por lo que le contó que su esposo, —es decir tu abuelo—, le dijo a Jesús. —Nació en este pueblo, en una familia de prósperos agricultores y ganaderos, y se dedicada además a la política. Cuando Abelardo (él abuelo) era joven, estudió un tiempo en la capital, pero lo que aprendió ahí en realidad fue a dedicarse a la fiesta, a tocar el piano, a cantar, a hacer muchos amigos entre los políticos que se concentraban en la Ciudad de México y que venían con frecuencia a Almoloya porque les gustaba la naturaleza de la región, el clima, la gente amable, la comida y la abundancia de bebidas espirituosas con que los esperaba el anfitrión.

—Tu no lo sabes Jesús (dijo la abuela), pero el hotel del pueblo es mío. Yo heredé de mi familia tierras y casas que preparé como hospedajes aprovechando que la demanda la provocaba mi esposo. Podrás imaginar que al recibir a tantas personas fuimos haciendo nuevas amistades, algunas muy influyentes, entre ellas militares de alto rango que se interesaron en mi hijo Abelardo junior, tú papá Jesús, lo animaron a entrar al Ejército; lo hizo, y siguiendo los pasos de su padre, mi hijo se hizo no bueno, sino muy bueno para la fiesta y para las viejas, hasta que se le atravesó una muchachita que lo volvió loco, se la trajo pal pueblo y luego la llevó a vivir a la capital.

—Compró la casota en la que vivían ustedes y no sé cómo se hizo de un rancho en Jalisco, lo fue fomentando, le atraían los caballos de raza, obtuvo excelentes ejemplares, comenzó a formar su museo de la charrería con sillas de montar que compraba o le regalaban, con arreos charros, espuelas, sombreros y todo lo relacionado con el deporte nacional.

—La música le gustaba tanto como a su papá, pero él no tocaba ningún instrumento, ni cantaba bien, así es que apoyó económicamente a los músicos de acá formando el mariachi Almoloyense, prácticamente a su servicio, al que hacía cantar una y otra vez la canción “la Valentina”, para tu mamá. Naturalmente siendo tan sociables mi marido y mi hijo, y yo también, pues era lógico que llegáramos a conocer a muchas personas que recordaban los buenos momentos que pasaban con nosotros, nos guardaban estimación y hasta hoy están pendientes de la familia.

Notando que, como cosa rara, la abuela estaba dispuesta a hablar del pasado, se atrevió a externar una pregunta que quería hacer desde que era chico. —Abuela, ¿Cómo murió mi papá?

La pregunta la sorprendió. Sólo contestó: —lo mataron.

En los dos años que llevaba de vivir en el pueblo parecía que hubieran estirado a los muchachos. Jesús era rubio, a los quince años medía un metro con ochenta centímetros, había desarrollado sus músculos gracias al entrenamiento del Tiburón que comprendía carreras y pesas, y una adecuada alimentación. José Luis el hijo del entrenador, también era blanco, no tan alto ni tan atlético, pero muy fuerte. La dieta de Jesús no pudo ser estricta, sólo quedó en "adecuada" porque la abuela Julia se negó terminantemente a que dejara de comer los platillos que le gustaban y que ella y Vale le preparaban —¡Ya va a ir a comer porquerías con los gringos! Pero mientras esté acá, nosotras nos encargamos de él.

El entrenamiento benefició a todos los muchachos del pueblo porque doña Julia le dio dinero a Tiburón para que pusiera un gimnasio perfectamente equipado, como los mejores de la capital, al que ella misma bautizó en alusión al apodo de Tiburcio II, como Escualos.

Capítulo V
La Güera

Al principio los papás de la Güera intentaron ir a visitarlas al rancho, pero las doñas se negaron a recibirlos dejando en claro que no querían que se "repitiera lo de la última vez" y la Güera tampoco lo deseaba.

Convencida de que René no tenía ni tendría un céntimo, deseaba divorciarse de él y si fuera posible recuperar sus alhajas, muchas de las cuales le había robado a su madre que nunca estuvo de acuerdo con la boda.

Sabía que René las tenía porque una pulsera de oro que el papá decía que fue de su abuela y la Güera le robó a su madre apareció en una casa de empeño en la que don Lalo[8] acostumbraba comprar barato para luego revender en sus joyerías. Se enteró de que una noche poco antes de que cerrara la casa de empeño, estando ahí su papá apareció un licenciado Perrusquilla con la boleta de empeño tratando de rescatar la prenda que don Lalo reconoció de inmediato como de su familia. Con su mal carácter acostumbrado encaró al de la boleta, le preguntó de quién era la prenda, respondió aquél con toda prepotencia —¡Mía!— Se hicieron primero de palabras, pronto llegaron a los golpes, el profesional era un buen adversario, se veía que estaba acostumbrado a las peleas callejeras, lastimó en la boca a

8. En México a los que llevan por nombre Eduardo se les dice Lalo.

don Lalo tirándole un diente y entonces aquél enfurecido le molió el cuerpo a golpes, le desfiguró la cara y le aporreó la cabeza en el piso. No cesó de hacerlo hasta que vieron que no se movía. Entonces llamó el prestamista dueño de la tienda a un barrendero que le había servido con anterioridad, metieron el cuerpo en el tambo de basura y le dijeron al cómplice que a las doce de la noche lo metiera a una oficina que estaría abierta. Le dieron la dirección, cumplió las órdenes, cerró la puerta al salir, y en la mañana llegó René, luego los de mantenimiento tardaron en hallar el cuerpo que estaba en una pieza interior, y fueron ellos quienes dieron parte a la policía.

Al ocurrir los hechos la Güera y su mamá suplicaron a don Lalo que dejara las cosas como estaban, que no las empeorara, que se pusiera en contacto con la abuela Julia y con Vale para localizar al marido de su hija. Más al no encontrar respuesta en ellas, el individuo pidió una cita con el militar que las protegía. Ensayó muy bien "in mentis" todo cuanto le iba a decir, las amenazas veladas y la relación de amigos influyentes que él tenía. Llegó con puntualidad y puntualmente fue recibido, sólo que en una sala de juntas custodiada por guardias armados, alrededor de cuya mesa se hallaba sentada una docena de elementos de alto rango y caras muy serias que lo intimidaron. —Usted dirá señor, sólo le pido que sea breve porque estamos por comenzar una sesión.

—¿Podríamos hablar a solas? Solicitó don Lalo, es que es un asunto privado.

—Aquí no se tratan asuntos privados. Diga lo que le trajo aquí.

Mosqueado explicó que buscaba al marido de su hija —¿Es militar? Preguntó quién presidía la mesa.

—No, pero estuvo aquí hace poco, es el hijo del Coronel Abelardo Zúñiga Paredes.

—Sí estuvo aquí con su hermano y su esposa, los corrimos y a ella la internamos porque enloqueció. Es todo cuanto sabemos ¿Algo más?

Se le retorció el estómago al escuchar la referencia a su hija y se arriesgó a preguntar: —¿Sabe dónde puedo encontrar a René?

—No pero imagino que la esposa, es decir su hija lo sabrá ¿ Algo más?

—No señor.

—Sargento acompañe al señor a la salida.

No pasaron inadvertidas para los militares las lesiones en la cara del visitante ni sus nudillos lastimados ni la falta de un diente ni el temor que lo invadió cuando se dio cuenta de que lo examinaban.

Fue un error venir, pensaba furioso cuando salió del edificio. Me han descubierto, pensaba ¡Saben quién mató al charlatán!

Sí era cierto. Lo supieron, pero como no era asunto de su incumbencia nadie dijo nada.

Los Escandón decidieron poner distancia de por medio e irse a vivir a los Estados Unidos. Hacía tiempo que tenía don Lalo un departamento en Miami, el que usaban muy poco y ahí se acomodaron porque les gustaba el ambiente que era totalmente latino. Paty, la Güera, se olvidó de sus problemas, se sitió feliz, conoció muchachos que la incluyeron en su grupo, entre ellos a un gringo que fuera de su aspecto claramente sajón, podía perfectamente pasar por latino porque dominaba el idioma español. Se enamoraron y casaron en un dos por tres. El pasado dejó de existir para la muchacha.

Capítulo VI
Los Zuñiga y sus negocios

En México, sin dinero, al correr los meses Daniel pasó de consumidor a distribuidor de drogas. Contaba con sus amigos para ampliar el mercado que pronto les comenzó a producir muy buenas utilidades. Compró un automóvil que manejaba más René que él, alquiló en el mismo edificio un departamento para su hermano y un pequeño local en la planta baja para que pusieran un negocio. El estanquillo se convirtió en punto de venta de drogas y con las abundantes utilidades el comerciante comenzó a dar dinero prestado siendo su nuevo giro "casa de empeños" no registrada.

Los prósperos hermanos olvidaron su vida anterior, tenían nuevos y verdaderos amigos que los querían como eran y René se emparejó con Marlene. Daniel que siempre había sido un solitario también encontró pareja que decía que más bien era "dispareja" porque la Beba, hermanita de Marlene, no le entraba al consumo. Era buena vendedora, su ámbito era el estudiantil técnico y universitario que requería otro tipo de drogas más peligrosas de manejar, pero más lucrativas. Entre sus clientes consumidores tenía artistas, empresarios y políticos que la protegían aunque no necesitaba protección porque las comprensivas autoridades toleraban su negocio gracias a que "compartía" con ellas información … y sus ganancias.

La suegra, que adoraba a sus hijas, también era consumidora y proveedora, además encabezaba una especie de culto con adeptos de todas las clases sociales. Sus yernos amaban a sus mujeres y a la madre de ellas con la que contaban como una amiga fiel. Por alguna razón totalmente diversa a falta de dinero, la casa de la señora era en verdad un cuchitril. A los Zúñiga les daba asco tomar o comer algo en esa casa, pero obligatoriamente lo hacían por la excesiva amabilidad con que la señora ofrecía todo lo que tenía y sus comidas condimentadas con cannabis sativa las preparaba (según ella), con recetas milenarias que provenían del Himalaya. Sus jugos de frutas naturales tenían como componente cannabis licuada. La extraña dama usaba la fibra de la planta para hacer telas con las que confeccionaba sus ropas. Si había que freír algo usaba para hacerlo el aceite que extraía de la semilla. Tenía muchos pájaros a los que alimentaba con las semillas que quedaban de la producción del aceite… y trinaban todo el tiempo.

Fabricaba medicina para diversos males, entre otros para las reumas; vendía la hierba para los enfermos de cáncer, la preparaba en cápsulas para males estomacales e intestinales, también cultivaba hongos que según ella le había dado su comadre María Sabina en una de las visitas que le hizo a su pueblo, Huautla de Jiménez, allá en Oaxaca, donde decía haber nacido doña Magdalena que se ostentaba además como prima de la curandera por la familia García, pero la pariente prefería a sus "niños santos" es decir su hongos y doña Magda su Marijuana, porque decía que sus efectos eran leves, podía consumirse sin problema en cualquier momento y no causaba adicción.

A sus hijas les había regalado recipientes con sembrados de hongos, desde luego semillas de marihuana y otras hierbas milagrosas para curar todas las enfermedades –de la mejor–, declaraba con la autoridad de una consumada conocedora.

Hubiera deseado doña Magda transmitir sus conocimientos a sus hijas o a sus yernos, pero la única que se interesaba –al parecer para no tirar a loca a su madre–, era la Beba. Ella anotaba todo lo que su madre decía. Daniel se reía de ella sin impedirle tomar nota de las "recetas brujeriles".

Con el tiempo los hermanos se fueron dando cuenta de que Mamá García, como respetuosamente le llamaban sus seguidores a la chamana,[9] tenía muy importantes ingresos por sus "consultas", además de los obsequios que recibía de las personas agradecidas por las curaciones milagrosas que realizaba.

La Beba y su cuñado desde hacía algún tiempo pensaban que tenían que establecer negocios lícitos y lucrativos, como la casa de empeños que finalmente formalizaron, pero con su formación universitaria veían que tenían que apostarle al futuro. Sabían de los nuevos teléfonos que podían transportarse de un sitio a otro, y de máquinas que realizaban complicadas operaciones matemáticas en unos cuantos minutos. —Al parecer,— decía la Beba, —ya hay cursos sobre lo que tienen adentro las máquinas computadoras[10] y sobre programas, y esas máquinas se hacen de menor tamaño cada vez.

—René, eres ingeniero y yo arquitecta. Creo que tenemos las bases para estudiar todo cuanto podamos acerca de las nuevas tecnologías porque además de venderlas cuando se popularicen, habrá necesidad de repararlas ¿No crees?

—Si cuñadita, lo creo y considero que los primeros en entrarle al mercado de venta y servicios podrán hacer buena plata. Que te parecería una escuela de computación.

—¡Me parece una idea genial! ¡Vamos a decirles a Marlene y a Daniel!

El local comercial más grande del edificio en que vivían, tenían una tabaquería que fue desocupado, y como estaba en venta lo compraron. Era lo suficientemente grande como para

9. Chamán: brujo o hechicero con poder sobrenatural que le permite contactarse con espíritus, curar enfermedades, predecir el futuro o incidir sobre las condiciones meteorológicas, entre otras cuestiones.
10. Ordenadores.

que pusieran la escuela en la parte que daba a la calle, y poner un taller y oficinas en la parte posterior. Sólo era una idea que ni siquiera llegaba a sueño pero sin descuidar sus lucrativas actividades se dedicaron a prepararse para el futuro.

Capítulo VII
High School y el Secretario

Llegó el año de mil novecientos ochenta y cinco, y con él el viaje de Jesús y José Luis a la escuela de los Estados Unidos.

Los amigos eligieron una carrera relativamente nueva, la ingeniería en sistemas computacionales que en ese momento no tenía gran demanda, pero ellos y sus tutores creían que era una carrera que apuntaba al futuro y era adecuado que comenzaran a preparase para ingresar a ella. Su desempeño académico era excelente y en el futbol americano destacaron de inmediato por su fuerza, velocidad, inteligencia e intrepidez. Nadie los amedrentaba pero su presencia comenzó a amedrentar a los jugadores de otros equipos.

Hicieron muchos amigos. Para novia Jesús le había echado el ojo a Johana, la diosa morena clara que lo ignoraba. Coincidían en una clase de tronco común por lo que se veían diario, pero no se hablaban. Por fin, empujado por José Luis se animó a hablarle, a presentarse, sorprendiéndole la respuesta: —si sé quién eres ¿Por qué tardaste tanto en hablarme?

Se volvieron inseparables. Él era un atleta conocido y admirado y ella la fundadora del club de danzas polinesias, compuesto por las muchachas más bellas de la universidad y una gordita simpática que al parecer no tenía nada que hacer ahí, pero bailaba con gracia y maestría robándose siempre el espectáculo.

Al finalizar el segundo año de universidad, en la época en que tendría lugar el festival de danzas polinesias se acercó a Joana Elliot, un estudiante de origen hawaiano, enorme, de musculatura espectacular y tímidamente le dijo que él bailaba en su país y tenía grado de maestro, preguntando si había sitio para él en el grupo. La sorpresa dejó sin palabras a las muchachas pero no le dijeron que no. —Si un distinguido campeón del futbol americano deseaba bailar hawaiano ¿Por qué no intentar animar a otros muchachos? Yo me encargo.— Dijo Johana y esa misma noche mientras cenaba con Jesús, le dijo tímidamente: —amor en el festival de este año va a participar en mi grupo de danza tu quarterback…— la cara del novio fue de incredulidad, —… pero como tú eres mi novio y yo no quiero que se me ande untando un tipo semi encuerado estando yo también con poca ropa… pues quiero decirte que me sentiría mejor y más segura si tú bailaras conmigo ¿Qué dices?

La cara de inocencia de la muchacha y su supuesto temor le hicieron responder sin pensarlo —¡Cuenta conmigo!

—¿Y con algunos de tus amigos?

Dubitativo respondió que lo intentaría.

La novia de José Luis estaba también en el ballet. Él aceptó de inmediato. Delante del quarterback en el entrenamiento de futbol hizo Jesús el comentario de que se necesitaban hombres para las danzas polinesias de ese año y si la mole hawaiana iba a bailar, todos, todos se apuntaron.

Elliot les hizo ver que no era fácil y que tenían poco tiempo para ensayar y hacer un buen papel, animándolos más a que fuera un reto. El primer ensayo estuvo lleno con las novias y amigos de los bailarines que se sintieron apenados, pero el recién nombrado "volcán hawaiano" en traje típico, comenzó a bailar para que vieran los movimientos que fascinaron al público y a los nuevos alumnos porque no vieron nada femenino en la danza. Es más, los movimientos eran de gran masculinidad. Como no había tiempo de ensayar otra, se aprendieron una sola danza con la que cerraría el evento.

Por el número de personas que quería asistir no pudieron usar el auditorio, así es que se presentó el espectáculo en una tarima puesta en un extremo de la cancha de futbol. El lleno fue total. Nunca antes las bailarinas habían tenido tanto público. Sus bailes fueron bellísimos, sus movimientos perfectos, el público estaba dispuesto a aplaudir. Atontados por los aplausos los futbolistas no se dieron cuenta de que sus cuerpos fueron frotados con aceite de bebé que les aplicaron guapas muchachas, así es que cuando subieron a la tarima y los reflectores los iluminaron se veían músculos más grandes que los reales.

Temiendo el ridículo bailaron como habían aprendido, pero con mayor brío, poniendo caras feroces para que no quedara duda de su hombría. Al terminar la danza el público había enloquecido. Los muchachos se inclinaron para dar las gracias, pero cuando intentaron bajarse de la tarima el grito fue unánime —¡Otra! ¡Otra!— Los ¡Otras! No cesaban, la música comenzó de nuevo, tuvieron que bailar tres veces la misma danza, porque era la única que se sabían.

Fue el acontecimiento del año y el tema de conversación en la clausura de cursos de todos los años a partir de esa fecha, pero las muchachas, después de aquella experiencia, no volvieron a admitir varones en sus bailes.

Las doñas, que así les decía ahora el pueblo a doña Jacinta y a doña Vale, estaban metidas en todos los movimientos de la comunidad, ya fuera en obras benéficas o en asuntos de la iglesia, eventos deportivos y últimamente políticos, apoyando al Tiburón para la presidencia municipal, concluyendo con éxito la campaña. A sus cuarenta y cinco años Valentina había rejuvenecido, aparentaba cuando mucho treinta y cinco. La cara de angustia se le borró y ahora sonreía, podía estar alegre y arreglarse con los afeites que correspondían a su edad aparente, con la complacencia de la suegra que verdaderamente quería a la buena mujer como si fuera su hija.

Vale con toda naturalidad embellecía cuanto tocaba. El jardín de la abuela nunca había estado tan bello. La casa estaba llena de plantas, algunos muebles fueron cambiados de lugar, se limpió y renovó la cocina por cuenta de la nuerita que demostraba cada día mayores aptitudes para la administración, la decoración y el arte, creando talleres de artesanías en los que ella y su suegra eran las maestras y muy buenas maestras, lo mismo que en la cocina.

En una de sus visitas anunció Ifigenio que al señor Secretario le gustaría visitarlas para agradecerles su generosidad de haberle prestado tanto tiempo el rancho de Jalisco. Acordaron fecha para la visita.

Se mataron algunos guajolotes para el mole, plato principal del menú que se preparó para huésped tan distinguido, presentándose Ifigenio con algunas botellas de tequila que entregó a las doñas. —Son de la reserva del Coronel, se quedaron olvidadas en su casa madrina y son de tan buena calidad que creí que al señor Secretario le agradaría probarlos ¿Si ustedes no tienen inconveniente?— Como nadie tuvo inconveniente cataron varias de las botellas, concluyeron que todos los tequilas probados eran muy buenos pero tres le parecieron extraordinarios al invitado principal y se los obsequiaron.

El general les contó que al prestarle el rancho lo ayudaron a combatir la depresión en que se hallaba por la muerte de su esposa, ocurrida poco antes. El interés que despertó en él la finca y el amor a los caballos permitieron que superara el trauma. —Sigo extrañándola,— dijo, —la sigo amando, pero el dolor se ha hecho soportable. Gracias, no imaginan lo que hicieron por mí. Con excepción del Jefe de las Fuerzas Armadas todo los comensales estaban mareados por el tequila, así es que Ifigenio y su familia se quedaron a dormir, aun cuando llevaban chofer. No pudieron Ifigenio y su familia desayunar con sus amigas porque el Teniente Coronel tenía una junta muy temprano, así es que quedaron en verse "pronto".

Capítulo VIII
El temblor del ochenta y cinco

El diecinueve de septiembre de mil novecientos ochenta y cinco, alrededor de las siete y veinte de la mañana, René y Marlene irrumpieron en el departamento de Daniel y la Beba —¡Está temblando! Gritaban ¡Está temblando! ¿Qué hacemos?

—Conservar la calma,— recomendó la Beba. —Eso dicen en la tele— (A la que se le fue la señal). —No puede durar mucho.— Unos minutos después oyeron movimiento en las escaleras, prendieron la radio, escucharon a un famoso comentarista narrar desde el teléfono móvil de su coche el panorama de destrucción que veía a su paso. Se animaron a bajar para saber cómo estaban el estanquillo y su local comercial, constatando que no habían sufrido daños de consideración. Pero al salir a la calle y recorrerlas vieron que la destrucción era enorme, no sólo en la colonia donde vivían que era La Roma, sino también en las aledañas. Las noticias informaban de decenas de edificios derrumbados, conforme las horas pasaban comenzaron a dar cifras, los muertos eran miles. La intervención de las autoridades era insuficiente. Los vecinos comenzaron a organizarse, XEW radio informaba momento a momento. El Ángel de la Independencia no tuvo daños, aparentemente no había destrucción en la avenida Paseo de la Reforma, pero ellos veían la destrucción, y poco a poco se fueron conociendo los enormes daños, los edificios caídos, el incremento de la cifra de muertos, heridos, damnificados y las historias de heroísmo de la ciudadanía que arriesgando sus vidas se metían entre los escombros para salvar a los que quedaron atrapados o rescatar los cuerpos de las víctimas. A todos sus empleados los mandaron a sus casas, pero los amigos de los matrimonios Zúñiga llegaron al departamento de Daniel y desde la tarde todos comenzaron a consumir droga. Salieron temprano al día siguiente, retornando con abundante dotación y mercancía, porque sus clientes la solicitaban. Estuvieron entretenidos trabajando hasta las siete y media de la noche, hora en que decidieron subir a descansar. Diez minutos después todo se volvió a mover como la mañana del día anterior, pero sus nervios hicieron crisis, consumiendo más droga que de costumbre, mezclándolas hasta perder la razón.

La única que conservó la conciencia todo el tiempo fue la Beba que continuó vendiendo la mercancía que adquirieron en días anteriores, con la alegría de sus asiduos clientes que por lo visto la necesitaban más que nunca.

Cuando los hermanos Zúñiga regresaron a sus oficinas constataron que sus empleados estaban bien. Aunque eran testigos de la destrucción no habían perdido a ningún familiar ni sus viviendas. Entonces decidieron revisar la mercancía almacenada, parte de la cual estaba en el piso. Hicieron inventario. Todo estaba completo con sólo algunas cajas de teléfonos y equipos de cómputo y piezas dañadas. Durante dos semanas vivieron de las ventas del estanquillo que por suerte para ellos y para sus clientes, siempre estuvo surtido.

Los problemas con los teléfonos y con la energía eléctrica en algunas zonas causaron incomunicación. En ciertas colonias el tráfico estaba obstruido. Líneas de transporte suspendieron sus servicios y escuelas y dependencias dejaron de trabajar varios días.

Caminando por la zona llegaron al Hotel Regis, en ese restaurante les agradaba tomar algunas copas de tinto acompañando de perlas de melón con jamón serrano. Lo único que quedaba de él era el letrero. Los relatos de las personas con las que conversaban eran dramáticos, salvo las de vecinos de zonas alejadas del centro, donde materialmente no hubo daños.

Como los teléfonos no funcionaban los radioaficionados prestaron invaluable servicio dando aviso a familiares radicados en provincia de que sus parientes de la Ciudad de México estaban bien o de las lamentables pérdidas que habían sufrido.

El significado de la palabra solidaridad se conoció en toda su magnitud. Los vecinos que no podían retirar piedras ni meterse bajo los escombros vaciaban sus alacenas preparando comida para los rescatistas y sirviéndola. Todos sabían que la única recompensa a sus esfuerzos sería la satisfacción de haber contribuido a salvar vidas o rescatar los cuerpos de las víctimas y para eso trabajaban codo a codo.

Después de mes y medio las doñas comenzaron a dudar de que conocían el significado de la palabra "pronto", pero lo tomaron con buen humor, tal vez porque estaban sumamente ocupadas con sus diversas actividades que les llenaban la existencia o por las terribles noticias de la Ciudad de México. En Almoloya nada grave había ocurrido.

Capítulo IX
Enamorados

De René y de Daniel sólo sabían doña Julia y doña Vale lo que les contaba la portera del edificio y todo era bueno. Aparentemente habían corregido el rumbo volviéndose empresarios y sus negocios no fueron afectados por los sismos, pero les dolió que no las buscaran en ningún momento. Tampoco sabían nada de la Güera salvo que con sus padres estaba radicando en Miami.

El "pronto" que tardó en llegar mes y medio valió la pena. Ifigenio contó todo lo que sabía sobre los devastadores efectos de los temblores, amplió el número de muertos que oficialmente se manejaba, informó lo que pudo averiguar de los muchachos rebeldes, de sus prósperos negocios tanto legales como ilegales y de sus apuestas al futuro con tiendas que manejarían telefonía móvil y computación. Desde luego las mujeres de Almoloya no sabían nada de eso ni le veían chiste alguno a tener todo el tiempo un teléfono adonde fueran ni en sacar cuentas más rápido, sin embargo el que sus muchachos tuvieran pareja si las alegró. Querían nuevos miembros de la familia. Les hacía falta cuidar nietos.

Dos años después, un día que fue la familia de Ifigenio a visitarlas también llegó Tiburón con un sobre con fotografías que le había enviado un amigo de la universidad en que estaban Jesús y José Luis el hijo del entrenador.

Las mujeres primero se escandalizaron y luego comenzaron a reír, pasándole las fotos al Teniente Coronel y a Teté cuyos hijos reconocieron a los muchachos, comenzando a gritar —¡Usan faldas! ¡En la universidad los hombres usan faldas!— No dejaban de reír. Cuando Tiburcio hizo el cuento completo rieron más, con el alivio de que no eran jotos sino que tenían novias muy inteligentes y muy guapas.

Ya que se fue el Tiburón, Ifigenio les explicó que uno de los motivos de que no vinieran con más frecuencia era que el Secretario pretendía venir cada semana. Le gustó el tequila, dijo doña Vale, con discreta coquetería, pero la mujer mayor con ojos maliciosos sentenció: —le gustó la Vale ¿Verdad?

Ifigenio asintió con la cabeza. Parece un chamaco enamorado, reconoció, mientras Vale se tapaba la cara con el quesqueme[11] y sonreía nerviosamente. A la vieja nada se le escapaba, por lo menos eso decía ella que no preguntó, afirmó: —y a ti te gusta el general ¿Verdad?

Toda modosita respondió la interpelada. —Abuela ¿Ya estoy grande para pensar en hombres! Pero su risa pícara y su cara de semáforo en alto la delataron. —Mi querida nuera, tienes cuarenta y cinco años, no eres ninguna vieja y de que tienes lo tuyo, tienes lo tuyo, más la ayudadita que te has estado dando desde que vino el general.

—Rejuveneciste, te comenzaste a pintar, comenzaste a usar vestidos de colores ¡Debí suponerlo!

Vale abochornada bajó la cabeza, apenada pero sin dejar de reír . Teté Coello se la levantó, mientras sonreía dijo: —el general no está tan mal. Te llevará quince años, no es tanto ¿Verdad abuela?

La abuela levantó una ceja, tardó en contestar llenando a todos de expectación intencionalmente y mientras negaba con

---

11. Prenda abrigadoras para mujer, que se coloca por la cabeza y se sostiene con los hombros, son de telar de cintura, de lana, y en los bordes llevan hilos de diversos colores.

la cabeza le dijo: —¡Niña tienes el derecho divino! No le estás faltando al respeto a nadie. Mi hijo lleva siete años de muerto y aprobaría que te enamorara un militar ¡Y no cualquier militar!

—¡Te doy permiso hija! Sólo date tu lugar, no te entregues fácilmente, deja que te enamore y cásate con él, no te entregues antes del matrimonio. Si lo haces ¡Te mato!

No fue necesario que doña Julia se convirtiera en homicida. El digno y circunspecto general se había enamorado como un jovenzuelo y Vale también, así es que sus visitas eran de lo más tradicionales y cuando iban a misa o salían a pasear, siempre los acompañaba la suegra. Pasados dos meses el general las invitó para que fueran a la Ciudad de México, alojándose las mujeres en la casa que ahora ocupaba Ifigenio, con gran alegría de los hijos de éste.

Las comidas las hacían en la amplia residencia del general, atendida por un ejército de sirvientes y chefs de altos vuelos que les prepararon guisos de la más sofisticada cocina francesa, sabores nuevos para ellas, pero que les encantaron. Un mes después las invitó al rancho de Jalisco, sorprendiéndolas gratamente por lo bello que estaba, los jardines bien cuidados, la casa impecable, los muebles restaurados y otros muy elegantes y antiguos que no pertenecían al rancho. El secreto del buen gusto en la decoración llegó más tarde: Mariela, la hermana del general, para entonces viuda, vivía con su hermano, se ocupaba de sus cosas, lo consentía no como hermano sino como hijo y llevaba la casa con disciplina militar. Al bajar de su coche y ver a Vale se acercó a ella, la abrazó, le dio un beso e hizo lo mismo con doña Julia que denotó sorpresa que quiso ocultar —¡Ya no volveremos a estar solos!— Exclamó.

Los recelos de la abuela se disiparon desde el segundo día de convivencia. Aun cuando en el rancho había otro ejército de sirvientes, Mariela cocinaba para su hermano y sus invitados, alegrándole que su futura cuñada y su suegra disfrutaran la cocina tanto como ella. El hombre de poder admiraba la sencillez y educación de su enamorada. Le sorprendió muy gratamente descubrir que era una persona informada, que a diario leía los periódicos, que leía mucho sobre diversos temas pero muy especialmente sobre la historia de México, de la que él mismo era gran conocedor.

Un día invitó a Vale a dar un paseo a caballo, agradándole no sólo que ella aceptara, sino que lo hicieran también doña Julia y Mariela que sabía era buena amazona, pero la superaron las otras dos. La abuela comentó que a su hijo le encantaban los caballos, sin embargo los de raza que había en el rancho cuando él murió eran los que el Coronel había obsequiado a su esposa, amante de la equitación a la charra. —Fue ella,— contó, —la que organizó la escaramuza del pueblo que puso muy en alto el nombre del Estado de México en los eventos charros en que participó.

Las lujosas sillas de montar que los hijos del dueño habían vendido fueron recuperadas por el General y regresaron a la sala de arreos charros donde Vale estuvo buscando su silla sin encontrarla. En la noche, después de una deliciosa cena mexicana, mientras el general y sus mujeres cantaban acompañados por la guitarra que pulsaba el primero, don Chon, el capataz pidió permiso para que entraran su esposa y su hija y lo hicieron cargando la preciada silla de la patrona. Explicaron que cuando vieron que "los patroncitos" se estaban llevando las sillas para venderlas, decidieron ocultar la de la coronela, con la esperanza de que algún día ella regresara y se la pudieran dar.

La silla estaba muy bien cuidada, exactamente como la había visto la última vez que la usó. Abrazó a las mujeres por la alegría que le daban, abrazó al general, a su suegra y a su cuñada, continuaron tocando y cantando, ahora con más compañía y entre música y tequila llegó la hora de dormir.

Al día siguiente llegó temprano Ifigenio con su familia. Durante el desayuno el general pidió que lo escucharan un momento declarándose en los siguientes términos: —quiero decirles que soy muy burro para hablar de mis sentimientos, pero cuando murió mi amada esposa pensé que nunca más me iba a enamorar y gracias al Teniente Coronel Mariles los conocí, me enamoré de Valentina, y mi hermana Mariela y yo estamos fascinados con su suegra. Ustedes no tienen por qué saberlo, pero nuestra madre murió cuando éramos muy pequeños, nuestro papá se ocupó de que no nos faltara nada, pero estuvo ausente todo el tiempo, así es que nuestra familia era de dos: Mariela y yo. Luego llegó Lulú a nuestras vidas.

Mi hermana no tuvo hijos durante su matrimonio, y a Lourdes y a mí, Diosito no nos dio la dicha de ser padres. Cuando les conocí me gustaron para ser mi familia y Mariela está de acuerdo conmigo, así es que mi adorada Vale ¿Te casarías conmigo? Mamá Julia ¿Le das permiso?

—¡Claro que sí hijo mío! ¿Y tú niña eres muda? ¡Contesta!— La novia se lanzó a los brazos del general exclamando ante el asombro de todos: —¡Te juro que si hoy no me lo pedías, yo iba a ser la que te pidiera matrimonio!

Acordaron que la boda sería sencilla con la compañía de la familia y de los mejores amigos, se celebraría en la iglesia de la hacienda con abundante tequila, comida típica y mariachi para que le tocaran a su esposa la Valentina.

—Todo está muy bien—, dijo la abuela, —pero no puedes casarte con Valentina.

—¡Qué pasó mi doña!— Reclamó el general extrañado —¿Pues no que sí? ¿Y ahora por qué no?

—Porque Valentina nunca se ha llamado así. Su nombre es María Eugenia Reyes Interián, pero a mi hijo se le antojó llamarla Valentina y así todos olvidaron su nombre ¡Hasta ella! ¡Comprenderás que no puedes casarte con una persona que no existe y que no pueden tocar La Valentina! ¡Valentina se acabó!

El domingo de la boda la iglesia estaba imponente y repleta. Bajo la dirección de Mariela las mujeres de la hacienda la adornaron con bellísimas flores cuyo aroma impregnaba el lugar. Siempre Mariela ¡Mariela! ¡Mariela! Diseñó el vestido de la novia con la ayuda de Vale –a la que no podían dejar de llamarla así—, y de doña Julia. Un vestido charro de escaramuza, en blanco con adornos de tenues colores, botas blancas y fino rebozo también blanco. La novia hubiera querido llevar su sombrero charro, pero no se lo permitieron porque le pusieron flores en el pelo ni dejaron que fuera montada a caballo.

Días antes don Chon sacó de su escondite un coche de caballo de grandes ruedas, con asiento de piel, para dos personas, que perteneció a los dueños originales de la hacienda. Dijo que era un tílburi,[12] que la capota estaba en mal estado igual que las riendas, pero que eso no era nada que el talabartero[13] local no pudiera arreglar. —Las ruedas y la suspensión están bien. Aquí en la hacienda tenemos un caballo blanco, de buena alzada y ya de edad, cuya estampa es majestuosa, incapaz de hacer alguna majadería y si aceptan, yo lo trabajaré para que se acostumbre.

—¡Papi, yo sí quiero!— Dijo la futura esposa.

El general volteó a verla incómodo, pero no molesto, luego, sonriendo le dijo que en privado podía llamarlo como quisiera, pero en público no debía hacerlo. Las caras de Mariela y de doña Julia denotaron su acuerdo con las palabras del señor Secretario.

El día de la boda todo el pueblo estaba de fiesta. A la iglesia llegaron los novios en el antiguo carro restaurado perfectamente. Doña Julia iba a entregar a la Vale. Sin embargo sólo la llevó del carro a la puerta de la iglesia. Ahí la esperaba un gigante

---

12. Carruaje de dos ruedas grandes, ligero y sin cubierta, para dos personas y tirado por un caballo.

13. Artesano que trabaja objetos de cuero, como arneses y aparejos para caballos y mulas.

rubio, de barba, al que no reconoció al principio. —¡Chuchito, hijo! Exclamó al reconocerlo, lo abrazó llorando y volteó a ver buscando a alguien más. —No mamá, no están—, le informó Jesús con tristeza. Su hijo Jesús la entregó en el altar.

Estaban presentes el señor Presidente de la República con su esposa, el Secretario de Gobernación, el de Marina, Ifigenio, su mujer y sus hijos (los pajes), Chon, Tiburón, José Luis, tres militares, el capataz y todos los peones de la hacienda con sus familias, que no alcanzaron dentro de la iglesia, abarrotando el atrio.

La comida para los invitados especiales fue en la casa principal, donde además de la deliciosa comida mexicana se sirvieron platos de la gastronomía francesa y afuera de la casa se preparó abundante comida para los peones y sus familias que festejaron en los jardines de alrededor. Además del tradicional tequila y del mezcal llevaron vinos, whisky, ron, coñac, cerveza y pulque proporcionado por algunos lugareños. Cuando el Presidente, sus secretarios y los mandos militares se retiraron, comenzó la fiesta en serio. Los grupos de mariachis no dejaban de tocar y ya achispados todos por el alcohol uno de los mariachis se dirigió al novio pidiéndole permiso para interpretar una canción que habían adaptado para ese evento y dedicaban a la novia, a doña Mariela y a doña Julia. Comenzaron a tocar "las coronelas", pero al llegar a la parte cantada, decían "generalas", no coronelas. La concurrencia rio del buen detalle de los mariachis, poco después cerraron la casa excepto la cocina, terminando el ágape cuando el sol ya había salido.

Ni el gallo madrugó.

Todos se levantaron tarde y con hambre. Los niños y Jesús llegaron a la mesa de la gran cocina en pijamas. Nadie protestó. Los últimos en aparecer fueron los novios cuyo apetito no fue menor que el de los demás. El resto de la mañana transcurrió oyendo la historia de los muchachos en la universidad, el baile hawaiano, el súbito aumento de la popularidad de todo el equipo de futbol americano y los noviazgos que terminaron por eso.

—¿Y a ustedes no les abandonaron?

—No abuela, mi madre y tú me maleducaron porque soy fiel, aunque no exento de tentaciones. Mi novia simplemente canceló el grupo varonil de danzas polinesias y se metió o mejor dicho nos metió a actividades de la iglesia. Ella también es católica. José Luis fue otro de los paganos, porque su novia lo tuvo bajo vigilancia durante mucho tiempo. El más asediado, perseguido, acosado y casi violado fue Elliot, el volcán hawaiano, rebautizado como Mauna Loa, que no deja de hacer erupción aunque quiera. Sus noviazgos desde entonces son de días. Al principio le pareció magnífico, pero ahora quiere cambiarse de universidad para que acabe el asedio.

—Me he acostumbrado tanto al ambiente universitario de los Estados Unidos que francamente no extrañaba nuestra tierra. A ustedes sí, se apresuró a aclarar. Pero ahora que regresé no me quiero ir y sin embargo tengo que hacerlo, no sólo por Johana, sino porque tengo que terminar mi carrera.

—¿Viste a tus hermanos?— Preguntó Valentina.

—Si, pero no vale la pena hablar de eso.

—Aunque no valga la pena queremos que nos cuentes.

—Fui al departamento de Daniel. Creí que se había mudado porque me abrió una mujer joven, me dejó pasar, pude ver que el lugar estaba limpio y ordenado lo que no va con la personalidad de mi hermano; no me preguntó mi nombre, me informó que se encontraba en ese momento en unas oficinas que tenían en el edificio, bajé, le pregunté a un muchacho por Daniel, me dijo que el ingeniero estaba ocupado, pero que esperara. Tuve la impresión de que la mujer del departamento lo había llamado por teléfono para avisarle que estaban preguntando por él para que quitara de la vista cualquier substancia prohibida. Sin embargo el establecimiento parecía moderno, bien puesto y del tipo de los que se dedican a actividades técnicas. Salió Daniel junto con René, ninguno de los dos me reconoció. En lugar de darme los buenos días y saludarme como lo haría cualquiera ante un posible cliente, se limitó a preguntarme con majadería ¿Qué quiere? Luego se asomó a la puerta del establecimiento, volteó a los lados y me preguntó ¿Viene sólo?

—Si.

—Pueden buscar donde quieran ¡Estoy limpio!

—No vengo a buscar nada, solo vine a hablar con ustedes.

Cambiando el tono, inquirió: —¿Representa a alguna empresa de tecnología?

—No pendejos, soy su hermano Jesús.

Se miraron uno a otro con cara de ¡Qué onda buey! y René que siempre fue el más rijoso, me dijo:

—Mire usted, nosotros no estamos para bromas. No sabemos quién es ni nos interesa, así es que váyase. No me empujó como solía hacerlo, tal vez porque ahora soy yo el que lo mira hacia abajo.

—Soy Jesús Zúñiga Paredes, el tercer hijo del Coronel Abelardo Zúñiga Paredes y de doña Valentina, su esposa, nieto de doña Julia, sólo vine a decirles que mamá se casa el domingo y que le gustaría que nos acompañaran.

—¡Se casa la vieja loca!— Entre risas gritó René —¿Y quién es el pobre diablo que se casa con una anciana muerta de hambre? Tiene que estar loco.

—Me sentí ofendido y para no romperles la madre ¡Porque ahora puedo hacerlo! Salí del local oyendo sus risas ¿Ya ven por qué no quería contarles nada?

—Hiciste bien Jesús, si les hubieras comentado con quién se casaba tu madre tal vez hubieran venido, pero por interés, estoy pensando en voz alta.

—Lo mismo consideré, abuela, pero de cualquier manera por lo que pude ver estamos fuera de sus vidas que afortunadamente creo que son buenas. Ni René estaba borracho, como era su condición natural ni Daniel estaba drogado, se los aseguro ni su edificio sufrió daños por los temblores.

—Bueno, ya eso es un alivio—, comentó Valentina.

—Y dime hijo ¿Cuándo te casas?

—¡Mamá, ya no se casa uno a los catorce años! Johana y yo vamos a esperar a terminar las carreras y entonces veremos.

Doña Julia: —¡Pues no se casen pero denme un bisnieto!

La recién casada con una pícara sonrisa asintió con la cabeza y el general volteo a ver al infinito.

—¡Pues fíjense que no! Vamos a terminar la carrera, queremos trabajar, viajar, obtener un patrimonio y sólo entonces pensaremos en hijos ¿Qué le parece mi general?

—Pues a mí me parece que si eso es lo que ustedes quieren, está bien.

—Amor ¿Estaré muy vieja para tener hijos?— Preguntó su esposa al general.

—Aquél, jugando sentenció: vieja, lo que se dice vieja, no. Pero la maquinaria que por fuera está como nueva, por dentro puede estar sulfatada. Mejor no le meneamos. Pero escoge el perro que más te guste de la hacienda y lo convertimos en perrhijo.— Todos rieron, menos la Vale que hizo pucheros.

—Abuela, te juro que si consigo animar a la Johana te lo traigo de inmediato para que lo conozcas. Si es niña se llamará Julia y si es varón Julio César. El siguiente será Eugenia o Eugenio ¿Qué te parece madre? o ¿Prefieres Valentín o Valentina?

—Si vivo para entonces, me va a dar gusto que cumplas tu promesa—, respondió quejumbrosa.

Capítulo X
Familia ampliada

La familia se volvió de ocho: el general, la generala, la hermana del general, la abuela, Ifigenio, Teté, Abelardo e Ifigenio junior.

Viviendo los niños en la capital, adoptaron el tono y el modo de hablar de la gente del campo, usando expresiones que ellos inventaban, matando de risa a sus padres y abuelos, porque ahí tenían dos abuelas y un abuelo que los adoraban y a los que ellos también adoraban.

Ambos muchachitos tenían buen apetito, no le hacían el feo a ninguna vianda. El día que llevaron pescado fresco al Rancho Grande, doña Julia ordenó que se hiciera en ceviche. Como los peques no lo habían probado, les preguntaron si querrían comerlo. La respuesta de Abelardo dada con el más puro acento campesino los hizo reír muchísimo: —¡Yo como cualquier cosa que no pueda devolverme la mordida!

Otra vez, después del temblor y de enterarse de que se habían caído dos casas del pueblo y se agrietó un muro de la iglesia, le preguntaron a Ifigenio que pensaba, poniéndolos a meditar la respuesta: —pues así sucede cuando acontece.

La frasecita les gustó tanto que la adoptaron como una puntada familiar que pronto adoptó el pueblo entero, junto con otra de los hermanos.

Un día acompañaron a la abuela al mercado y vieron a dos vendedoras de legumbres discutiendo. La discusión pasó a más, bajaron las canastas que llevan en las cabezas y se agredieron físicamente. A partir de ahí cuando oían a personas discutiendo exclamaban: —¡Mira, van a bajar las canastas!

Los mayores gozaban y anotaban las expresiones que comenzaron a usar cotidianamente, sorprendiéndolos que el uso de los dichos de los niños se hubiera generalizado en el pueblo, y en la gran ciudad.

Entre las casas de la capital y los dos ranchos, el de Temoaya y el de Jalisco, la familia era feliz.

Ocasionalmente iban a algún paseo a la capital, sobre todo al bosque de Chapultepec,[14] porque les gustaba mucho a los nietos, hijos de Ifigenio. Además de la fascinación que les producían los animales, eran amantes de la historia. Habían leído que el sitio había sido ocupado por los Toltecas y los Mexicas, que plantaron ahuehuetes, hicieron obras hidráulicas; siglos después se convirtió en lugar de recreo para los pobladores de la capital de la Nueva España; oyeron que se organizaban ahí corridas de toros, que en esa zona tuvieron casa los Virreyes; que años después estando ahí el Colegio Militar y durante la guerra con Estados Unidos se dio el episodio de los Niños Héroes; que ahí vivió Maximiliano de Habsburgo, efímero emperador de México con su esposa mamá Carlota y que ahora está en el cerro el museo de historia, que tanto disfrutaban.

Algunas veces accedían sus papás a que fueran al cine. Entonces iban las mujeres solas con los niños, custodiadas discretamente por algunos elementos de la guardia del general, vestidos de civil. No hace falta, les decía el Alto Mando, pero por lo que pudiera ofrecerse.

---

14. Parque urbano localizado en la Ciudad de México, con una superficie de 810 hectáreas, Está dividido en cuatro secciones y alberga algunos de los sitios culturales, históricos y turísticos más importantes de México. Cuenta con un castillo, tres lagos artificiales, espacios deportivos y numerosas fuentes.

Ya llevaban más de dos años de casados cuando después de una visita a Chapultepec el general les anunció que los llevaría a un sitio al que pocas veces iba. Los llevó a la colonia Roma y ahí a una bella casa muy grande de principios de ese siglo, de estilo Art Noveau, a cuya sola vista María Eugenia tembló. Las puertas de las ventanas de maderas curvadas, los grandes vitrales con bellas mujeres rodeadas de hermosas plantas, mariposas, libélulas, el domo del patio central bellísimo, los detalles, las increíbles lámparas Tiffany tanto de mesa como de techo y los arbotantes,[15] produjeron un gran impacto en ella. El personal doméstico les dio acceso con gran amabilidad, cuchicheando instantes después el mayordomo y el ama de llaves, los más antiguos sirvientes de la casona a la que los niños bautizaron de inmediato como "el museo" porque eso parecía.

Los servidores habían sido sacados seguramente de una película de época. Los muebles, estanterías, lámparas, alfombras, cortinas, jarrones, grandes candelabros, primorosos óleos con regios marcos, todo era rigurosamente de la misma época. Estaban fascinados de haber retrocedido en el tiempo, de haber entrado a algún palacio francés, hasta que vieron un retrato de don Porfirio Díaz.

—No es que el presidente hubiera vivido aquí, aclaró el general, sino que los dueños fueron personajes muy importantes de la época Porfiriana, abuelos de mi Lulú que construyeron la casa, y ella la heredó de su madre.

Como ustedes saben Lourdes y yo no tuvimos hijos, así es que me nombró heredero único. Le gustaba mucho esta casa, por lo mismo nos quedábamos en la mía, ahora nuestra Vale. Creo que es demasiado elegante para mi gusto y llena de retratos de personajes muy serios, —señaló los retratos—, como ése general

---

15. Arco situado en la parte exterior de un edificio que transmite el empuje de una bóveda o cubierta a un contrafuerte.

de enorme bigote, abuelo de Lulú; de la abuela, esa dama de gran sombrero y cintura de avispa y de mi Lulú y de su hermana Eugenia, que creo murió cuando era pequeña, porque de ella no se hablaba ¿Notas el parecido entre ambas? Todas las alhajas de Lulú fueron herencia de su madre, ella se las dejó a su hija y ella a mí. No te ofendas Vale, pero ahora son tuyas. Valentina lloraba en silencio.

—Gracias amor, pero no creo merecerlas. Si te parece déjalas donde están y con el tiempo veremos ¿Puedo preguntarte algo?

—Lo que quieras.

—La vajilla que se utilizó en nuestra boda, los cubiertos y las copas ¿Los llevaste de aquí?

—Si amor. Perdóname pero quise que Lulú nos acompañara, porque sé que ella hubiera estado feliz de que compartiera mi vida contigo. La mujer lo abrazó, llorando inconteniblemente.

El valiente general al abrazarla volteó la cabeza para que sus amigos no lo vieran lagrimar. Lo vieron pero se hicieron los desentendidos y discretamente los dejaron solos, impresionados por la reacción de la señora al conocer la casa y su historia.

Los niños preguntaron si podían quedarse a vivir en el museo. El abuelo general rió, la abuela Vale se le quedó viendo a los ojos expectante. La abuela Julia hizo ademán de aceptación, lo mismo que Mariela. Vale dijo a su esposo: —me gustaría que durmiéramos hoy aquí, pero por respeto quisiera que tú y yo no nos quedáramos en la habitación que compartías con Lulú.

—¡Aceptado!

Había en el segundo piso una gran habitación a la que llamaban nursery, en la que en su época dormían los niños pequeños.

Aunque ya estamos grandes nos gustaría dormir aquí, declararon los chamacos, empezado a revisar cajones de los que sacaron ropa, juguetes viejos, sábanas primorosamente bordadas, pequeños cuadros y otras antigüedades que Valentina acariciaba con la mirada perdida.

La señora María Eugenia, es decir Valentina, escogió para pernoctar una habitación del tercer piso a la que se dirigió como si la conociera. Se sentó en la cama con dosel, recorrió con la mirada cada rincón del aposento, se acomodó en la silla del tocador, tomó el cepillo de pelo, arregló su cabello, se dirigió al ropero más grande, lo abrió, sacó bella y fina ropa de jovencita, la abrazó, devolvió a su sitio y regresó a los brazos de su esposo.

La cena se sirvió en el gran comedor, en vajilla más modesta que la de la boda y consistió en quesos, carnes frías, frutas, vino tinto, leche y panes. Los ayudantes domésticos ofrecieron chocolate pero nadie más que Valentina lo pidió. Personalmente se lo sirvió el mayordomo, seguido por el ama de llaves. Cuando ella comenzó a sopear los panes en el chocolate los criados se miraron a los ojos, lagrimaron, sonrieron y se retiraron dejando el servicio a los demás empleados. Después del desayuno volvieron a sus casas. Para el general, hombre de mundo, conocedor de la naturaleza humana y de las reacciones que delatan a las personas, estaba claro que María Eugenia, su esposa; era su cuñada Eugenia Reyes y Covián, hermana de la difunda Lourdes Reyes y Covián.

La familia de René también creció. Sólo que la hermosa bebé tenía síndrome de Dawn. Los papás no dijeron nada, pero cada uno se culpaba de ser el causante, por los excesos de su juventud. El hecho no los separó. Los unió. Se dedicaron por completo a ella, consultaron con los mejores médicos, fueron a todas las terapias recomendadas, teniendo buenos resultados porque fuera de su carita y su cuerpecito robusto, sus pequeñas manos y pies, decían que la niña era normal. Amable, sonriente, cariñosa aún con los extraños. Un verdadero ángel que al crecer se afanaba por poder leer y escribir, que se expresaba con corrección con limitado vocabulario. Daniel y su esposa decidieron no tener hijos por el temor de procrear seres con discapacidades debido a sus excesos.

Pero hicieron suya también a la pequeña Valentina, que gozaba cuando sus tíos los acompañaban de paseo. A la niña le gustaba recorrer el zoológico de Chapultepec. Los grandes felinos la atemorizaban pero le encantaba verlos. Los gorilas no le gustaban, los monos en cambio le encantaban, quería llevárselos a su casa para abrazarlos. Por eso la tía Beba le compró un mono de peluche sin el que no podía estar. Lo acompañaba a todas partes y dormía abrazada a su querido Chimpi (por chimpancé).

Ni el castillo ni el museo le llamaban la atención a la pequeña Vale. Chapultepec era para ella sólo el zoológico. Nunca estaba sola porque sus papás y sus tíos se turnaban para atenderla. La Beba preguntó alguna vez a Daniel por qué si eran tan amorosos con la pequeña Vale, trataban tan mal a su mamá. Encogiéndose de hombros respondió: —no lo sé, por costumbre tal vez o para que no piense mi hermano Daniel que soy débil. No lo sé, nunca lo había pensado ni quiero pensarlo ahora.

Capítulo XI
Johana, Jesús y los Douglas

Johana y Jesús se graduaron ambos con summa cume laude.[16] Un año antes fueron reclutados por la empresa líder en computación en el momento. Debido a su dominio del inglés y del español, les ofrecieron la gerencia para Latinoamérica y la búsqueda de distribuidores serios, con posibilidades reales de expansión, gente con conocimientos dispuesta a invertir para tener sucursales de primer mundo. Aceptaron. Comenzaron el análisis de todos los socios comerciales.

Al distribuirse el área geográfica Johana pidió México. Así fue como eventualmente entró en contacto con los hermanos de Jesús. Johana Cabañas sabía quiénes eran, pero ellos ignoraban todo de la ejecutiva. Cuando los visitó hizo observaciones sobre el establecimiento que no tenía ni la ubicación ni las medidas ni el diseño adecuado, porque la empresa de tecnología quería que todos sus franquiciatarios tuvieran imágenes iguales en todo el mundo. Lo que veía no tenía correspondencia con los estándares de su empresa. Pero les dijo que si aceptaban las condiciones podrían celebrar un contrato de franquicia maestra para que ellos concedieran a personas adecuadas y previamente autorizadas por la franquiciante, franquicias derivadas.

16. Es una distinción académica que se otorga a los estudiantes que se gradúan con un índice académico de 3,96 a 4,00. También se otorga a los estudiantes que se encuentran entre el 1% y el 5% más alto de su clase.

No les gustó mucho a los hermanos, pero habían aprendido a pensar antes de hablar y a controlar sus emociones. Prometieron analizar sus posibilidades y ponerse en contacto.

—Háganlo. Estamos contentos con ustedes, pero hay aquí en México otros interesados en trabajar con nosotros.

Mrs. Douglas, elegante y de cuidada figura, afectada en sus maneras al estilo de la High Hife, era asidua socia de su exclusivo club. En el Country Club de Miami veía jugar tenis a sus pequeños hijos Arthur III y Roy, que se preparaban para hacerlo en el extranjero porque eran campeones del club y el orgullo de su padre, reconocido tenista, campeón de la comunidad y muy estimado empresario del sector de la tecnología que se había vuelto muy rico y ahora se dedicaba al deporte blanco, a socializar y a su familia. Desde que casó hacía once años su familia se había vuelto la de su esposa porque sus suegros, que vivían en México, no tenían comunicación con ella. Los papás de Arthur la quería como a una hija. De hecho era para ellos la niña que tanto desearon y nunca tuvieron. —No tenían,–decían en privado, —como agradecerle el gran amor a su hijo, a sus nietos y a ellos mismos, mimados y consentidos por la nuera. El largo cabello rubio enmarcaba un bello rostro de mirada altiva, suave y afectada sonrisa que se hacía franca y sincera en la intimidad de su hogar. Jamás contaba nada de ella, pero siendo quien era, a nadie le intrigaba su pasado.

Los Douglas habían vivido en muchos lugares. El papá perteneciente al servicio exterior, los llevó por muchas latitudes, conocían el mundo pero amaban la cultura latina. Por eso al retirarse estableció su domicilio en Miami, donde se sentían como en su casa. Tanto tiempo estuvieron en Ecuador, Argentina, Venezuela, Colombia y México, que Arthur jr. hablaba el español como una segunda lengua, y como era de esperarse casó con una latina que parecía sajona. Obtenía algo de ambos mundos, a los que amaba por igual, pero la pasión de las latinas lo enloquecía.

Su perdición era su esposa. Casó con ella al poco tiempo de conocerla porque la había embarazado el primer día que se vieron. Era muy diferente a la mujer de ahora. Casi pelirroja y de cabello corto, media hippie, poco se parecía a la señora Douglas de hoy, refinada y elegante, educada por su suegra, porque la madre de su mujer era ostentosa, muy corriente.

Del padre poco sabía. Era hombre de negocios un tanto turbios, prestamista y joyero. Seguramente quería a su hija, pero no tanto como para ocuparse de ella; y la mamá, una mujer vana y superflua, no tenía tiempo más que para ella misma. Cuando conoció a su mujer era una joven perturbada, necesitada de afecto. Se refugió en él y él en ella. Nunca se arrepintió, no tenía por qué hacerlo. Era una buena esposa, una amante excepcional, la mejor compañera que un hombre podía desear y un ejemplo de madre, afectuosa, pero educadora.

Si salía durante el día era al club con las amigas o de compras, a la reunión de algún patronato o por actividades de los hijos. Las noches eran de su esposo, asistía a los compromisos sociales de él, pero jamás a noches de solteras, —no es lo mío,— decía, y sus amistades lo respetaban.

Su vida era un remanso de paz hasta que supo que el torneo de tenis infantil de ese año, mil novecientos noventa y cuatro, iba a ser en México. No había razón para ello, pero no quería ir a su patria. No dejó nada ahí, salvo problemas que había logrado olvidar, pero ¿Cómo decirle a su esposo que no quería ir, cuando se suponía que iban a darle una grata sorpresa a los abuelos mexicanos? Ellos no sabían nada del viaje. Seguramente no les iba a agradar que la hija que nunca les resultó cómoda fuera a perturbar su mundo hecho a la medida de sus intereses y gustos.

Independientemente de lo que opinaran sus padres, ella no quería que su esposo y sus padres se asomaran a su mundo. Sus papás podían ser muy ricos pero su gusto era pésimo en decoración, comida, lugares que visitar ¡Y sus amistades! Todos parecían salidos de un catálogo de la mafia, “mexican mafia”, pero notoriamente criminales. Revisó a conciencia todo el programa del torneo, inscribió a sus hijos en todos los paseos y actividades complementarias, dejó claro con la mayor amabilidad que ese viaje era por sus campeones y nada debía distraerlos de su objetivo, que era ganar, y disfrutar de lugares que no conocían. Las actividades se realizarían en la Ciudad de México y en el sitio de moda, Cancún. Se consolaba pensando que el mundo que dejó no tenía nada que ver con el nuevo, porque sus antiguas amistades sólo asistían a cantinas y antros nunca visitados por “la gente bien”, siendo imposible en consecuencia un encuentro “desagradable”. Viéndose en el espejo se decía: —de cualquier modo, nadie sabría quién soy, yo misma no me reconozco y a Mrs Douglas nadie de mi país la ha visto.

Como fuere llegó el día. La fiesta de apertura, el torneo, el viaje a Cancún, ningún incidente, control absoluto, pretextos para no ponerse en contacto con sus padres, todo perfecto excepto en su salud porque había momentos en que, sin motivo, el corazón se le aceleraba.

Fue un gran alivio regresar con sus campeones a su casa, lloró al volver a ver a sus suegros y fue sincera cuando les hizo saber que le hicieron mucha falta. Estaba agotada, era comprensible, la actividad fue mucha, no dejó de acompañar a sus hijos fueren donde fueren, permaneciendo Mr. Douglas siempre a su lado, relajado como era él, inyectando ánimo, ingrediente tan eficaz para el éxito que sus hijos se levantaron como los mejores en sus categorías.

Sin embargo, el esposo y los suegros descubrieron un ligero temblor en las manos de la mujer y un tic que con los días se fue haciendo más notorio. Le brincaba el ojo derecho. Al darse cuenta de que lo notaban se ponía nerviosa y le brincaba más. Cuando la comisura de los labios del mismo lado empezó a enchuecarse decidieron hablar con ella diciéndole que el cansancio y la tensión del viaje la habían afectado y tenía que ser revisada por los médicos. No le dieron opción. El diagnóstico fue estrés. Estuvo sometida a una gran tensión, estaba cansada, requería descanso y medicamentos, ansiolíticos y librarla de preocupaciones. Era conveniente que dejara de manejar vehículos, haciéndose cargo de llevar y traer a sus muchachos, el padre y los abuelos, con el beneplácito de las partes, pero no el de ella misma, que comenzó a obsesionarse con que le querían quitar a sus hijos. La paz de que gozaban se acabó. Al año del regreso a su hogar el caso se volvió psiquiátrico, el psiquiatra recomendó no internarla porque podía ponerse peor, mandándole medicamentos que la atontaban y tenían adormilada.

Si, los temblores y episodios psicóticos acabaron pero a un precio muy alto. La señora Douglas desapareció y en su lugar quedó una rana. El cabello descuidado se le enmarañaba, engordó, sólo usaba pijamas y batas de casa. Salvo algunos esporádicos episodios psicóticos, siempre estaba tranquila, más bien ausente. Ya no participaba en las actividades de la familia ni se daba cuenta de lo que ocurría a su alrededor.

Mr. Douglas decidió, aconsejado por los médicos, internarla muy a su pesar e indagar en el pasado clínico de su esposa y de su familia. Contrató a un detective para que estuviera en México hasta enterarse del historial desde la infancia, y de paso acerca de la salud mental de las familias materna y paterna.

Capítulo XII
La inversión en la tienda

Después de la visita de Johana Cabañas; René, Daniel y sus esposas decidieron que tenían que jugarse el futuro apostando todo cuanto tenían, hipotecando el departamento de Daniel, el de René y los locales comerciales. De pronto la mirada del mayor de los hermanos cambió, se puso alerta —¡Claro!— Exclamó, salió de la oficina, fue a su departamento regresando a los cinco minutos con la caja de alhajas de la Güera. Al regresar propuso vendamos esto y tendremos suficiente para alquilar un buen local, acondicionarlo y adquirir inventario.

—¿Y este local?— Preguntó Marlene.

Su hermana la Beba pensó que sería ideal para la academia, para taller de reparación, bodega y venta de refacciones.

—¿No te estás adelantando demasiado Beba?

—¿No nos estamos arriesgando demasiado? Porque la única vez que René vendió una alhaja de éstas, por poco acaba en la cárcel acusado de homicidio.

—Eso fue hace muchos años. La Güera desapareció de la faz de la tierra, los padres regresaron a México desde hace mucho, nadie se ha vuelto a ocupar del asunto, la casa de empeños sigue en su lugar y, además no pienso acudir a ella, sino al que le prestaba dinero a mamá.

—¡A Ifigenio! ¡Estás loco! Después de todo lo que hemos hecho ¿Crees que querrá algo con nosotros? Lo acusamos de deshonesto, hicimos un escándalo en sus oficinas, despreciamos a nuestra madre, a la que adora ¿Crees que el maricón de Chuchito no le contó todo lo que dijimos de ella cuando vino a invitarnos para la boda? Él, que quiere a la Vale como si fuera su madre, lo que nos va a dar es ¡Pura madre!

—Bueno, pues si no tienen una mejor idea, aquí pongo esto.

Revisaron la caja. Contenía anillos con diamantes, esmeraldas, rubíes, zafiros, perlas, aretes y dijes a juego, collares, cadenas de oro, centenarios, pulseras.

—Con razón el papá quería recuperar lo que la Güera le robó a su madre ¡Esto vale mucho dinero!— Aseveró Marlene.

—¿Y si mi hermano tiene razón? ¿Qué perderíamos con acudir a Ifigenio?— comentó Daniel.

Y acudieron a Ifigenio. René se comunicó a sus oficinas, el número ya no era el mismo ni Ifigenio podía ser más Ifigenio. Era el General Brigadier Don Ifinegio Espota y Mariles. Pidió su nuevo número, solicitó una audiencia lo instruyeron para preguntar en una semana, pero al día siguiente lo llamaron para que fuera en la tarde.

No fue sólo, hizo que Daniel lo acompañara. Los recibió con fría amabilidad. Fueron directo al grano y la respuesta no sólo fue directa, sino impactante: —No.

—Pero Ifi ... General, podría ser un buen negocio para ambos.

—Yo no hago negocios con bienes robados.

—No son robados, su mamá se los dio a mi esposa cuando nos casamos.

—Sabes René que no es así y me ofende que trates de tomarme el pelo. La Güera le robó esas alhajas a su madre, tú robaste una y la fuiste a empeñar y el rufián de tu suegro mató al que tenía la boleta de empeño creyendo que él tenía las demás prendas. Estuviste a punto de ir a la cárcel por esas joyas y sabes que si se ponen en circulación van a causar tu muerte. Que les vaya bien.

Sus esposas, una vez enteradas de todo, a una sola voz exclamaron: —¡Se los dijimos!

Pero la ambición triunfó sobre la prudencia. Convencieron a la portera de su edificio para que ella llevara las prendas a empeñar, ofreciéndole como premio el dinero que le dieran por la venta de las boletas de empeño. Le enseñaron las prendas, preguntó de dónde las habían sacado, respondieron que eran herencia de familia y doña Lupe quedó en que lo pensaría.

Dos días después pidió una lista de las joyas y su descripción, porque había interesado a un primo suyo que vivía en Monterrey, pero no las quería empeñadas. Si le interesaban las compraría. Cuando tuvo la lista quedó en enviársela a su pariente y dijo que unas fotografías podían ayudar. Marlene estableció como condición para que viera las prendas que viniera a la ciudad de México o se conformara con la descripción. Lupe acordó transmitir el mensaje.

De alguna manera tasaron los bienes, pidiendo como precio dos millones de pesos. Cuando vino el interesado revisó los objetos con lente de joyero, les tomó el pesó, hizo anotaciones y cuentas al final de lo cual ofreció ciento cincuenta mil dólares. La Beba se aceleró. —¡Es un robo!— Dijo Daniel, le tomó el brazo y la sacó del departamento mientras René y Marlene trataban de negociar. Doña Lupe observaba mientras los tres discutían, hasta que el comprador terminó con ochenta mil dólares, —no doy más,— declaró. Cerró su maleta disponiéndose para salir y los vendedores aceptaron la oferta. Sacó de la maleta dieciséis fajos de cincuenta billetes de a cien dólares. Tomó la caja de las joyas, se la entregó a un ayudante, se sentó a ver que contaran el dinero, satisfechos los vendedores, se levantó y sin despedirse se retiró.

—Bueno niñitos, a darme mi comisión,— reclamó la portera.

—¿Qué comisión?

—Ustedes me prometieron una comisión por arreglarles la venta. Quiero el veinte por ciento.

—Estás loca mujer, tu pariente nos acaba de estafar y tú pretendes que además te demos dinero ¡Estás loca!

—Bueno, pues como las locas hacemos locuras y yo ya no tengo nada que perder porque ni mi primo ni ustedes quieren hacerme partícipes de sus ganancias, en media hora estará aquí don Lalo (palidecieron al oír el nombre), y a ustedes y a mi pariente los van a matar de fea manera.

—¡Tú eres la que se va a morir! ¡Maldita!— Amenazó Rubén abalanzándose sobre ella.

—Pues fíjate que no. Tengo a mi gente esperando afuera que yo salga con mi maleta llena. Si no salgo en diez minutos le avisarán a don Lalo que "casualmente" está comprando en la casa de empeño en que mataron al abogado.

Marlene evitó que René la lastimara, la encaró y mascullló: —mientes.

—No madre, no. Aquí o todos ganamos o todos perdemos. Sólo que yo soy vieja y no tengo nada que perder, pero ustedes que son jóvenes no sólo perderán la vida, sino que condenarán a vivir en un hospital mental al angelito que dicen querer mucho. Bueno, es un decir, porque si don Lalo tiene ganas de hacerlos sufrir, comenzará por matar delante de ustedes a la pobre niña ¡Dios no lo quiera! Me pagan o aquí nos morimos todos.

—Espera mujer,— dijo Daniel, —No podemos darte lo que pides, porque este dinero lo necesitamos. Acepta cinco mil dólares.

—Ahora los locos son ustedes ¡Creen que voy a aceptar únicamente cinco mil ¡Para nada!

—¡O aceptas los cinco mil dólares o no sales de aquí!

Lupe, riendo: —no, si no quiero salir de aquí. Les quedan cinco minutos de vida. Si en esos cinco minutos no salgo de aquí con mi dinero, ya el suyo no les va a servir porque ¡Saben…! el dinero no sirve en el cementerio.

Pensativo, René hizo su última oferta. —Diez mil dólares.

—Dame mis dos fajos, que el tiempo se agota.— Se los dieron, salió del departamento entrando a la portería, de la que sacó a la pequeña Valentina con una paleta de dulce en la mano. Los papás horrorizados corrieron hacia ella, la abrazaron y se metieron muertos de miedo a su departamento.

—¿Qué hago con el dinero doña Julia?

—Es tuyo Lupe, haz lo que quieras con él.

—No se burle doña Julia, si me ven en la calle con un dólar me meten a la cárcel.

—Yo en mi vida había visto uno y aquí tengo diez mil.

—No te apures hijita, mañana va a ir a tu casa un amigo mío que te va a cambiar los billetes por pesos mexicanos, pero sería mejor que los metieras al banco. Si quieres, él te acompañará a abrir tu cuenta. Tengo instrucciones de que dejes en la puerta de tu departamento la fotografía que pegará mi enviado. Si desaparece, tus vecinos habrán entendido el mensaje.

El domingo en la reunión familiar: Ifigenio, Teté, Doña Vale (por más que hacían no podían dejar de llamarla así), su esposo y doña Julia revisaban a detalle todo lo que habían comprado a precio de ganga, lamentando que nada de eso podrían usar nunca, sin embargo el viejo general les aclaró que nunca es mucho tiempo.

—Las esposas y las hijas de tus hijos, Teté, si podrán usarlas. Doña Julia, mi esposa y yo hemos acordado que esto sea parte de la herencia de tus hijos.— Cerró la caja y se la entregó.

Para la inauguración de la sala de ventas y oficinas de la franquicia en mil novecientos noventa y seis llegaron además de Johana Cabañas los más altos directivos a nivel internacional, entre ellos un hombre joven que se parecía a su hermano Chucho. Trataron de no darle importancia porque era imposible que fuera él, porque hablaba en inglés y porque si fuera tendría que haberlos reconocido, lo que no ocurrió.

El local lo bendijo además del cura que la Beba llevó, el Ángel que Dios mandó en Su representación: la pequeña Valentina.

Ya estando en el automóvil en el que salieron del evento, Johana dijo a Jesús que en verdad pareció que fueran para él desconocidos sus hermanos y sus esposas, notó que su trato fue cortés y el menor posible. —Los traté como hubiera tratado a un extraño,— dijo.— Piensa que fuera del parentesco que nos une no hay nada más que nos sea común.

—¿Y la niña con la que estuviste conversando?

—¿Qué tiene que ver esa niña?

—Es hija de René y de Marlene.

—¡Noooo!

—¡Siiiii!

—¡No te burles!

—No lo haría. La conozco en razón de los tratos que he tenido con ella. Es una niña muy dulce, sociable, bien educada, la adoración de sus papás y de sus tíos. Es una hija de cuatro.

—¿Crees que esos puedan querer a alguien?

—Si, y sé a quién. La niña se llama Valentina. ¿Te dice algo?

—Que tratan de burlarse de mi madre.

—O que la aman tanto que llamaron a su mayor tesoro como ella.

Fueron a cenar a casa de Ifigenio, la casa familiar en la que se hospedarían, porque además de que era grande, con espacio para todos, era un sitio amado por el recuerdo del Coronel.

Johana e Ifigenio hicieron el resumen de lo acontecido en la inauguración del lugar y de los asistentes, pero la abuela Julia sentía que no le habían dicho todo. Frunció el ceño y preguntó si acaso había algo que se les hubiera pasado.

—Si,— dijo Johana. La pequeña Valentina no soltó a Jesús en toda la noche.

Vale, sorprendida preguntó a quién se referían como la pequeña Valentina y la respuesta la dio la abuela Julia. —A tu nieta, a la hija de René y Marlene que nació con síndrome de Dawn.

María Eugenia se refugió en los brazos de su esposo y lloró.

—Abuela, tú lo sabías desde antes, verdad,— no preguntó, sino aseveró Jesús.

—Si. Siempre he tenido gente que me informa los movimientos de mis enemigos, no para atacarlos, sino para evitar que nos den desagradables sorpresas. Desde que Marlene se embarazó tuve miedo porque es adicta. Se han controlado ella, mi querido Dani y René, pero las drogas y el alcohol tenían que haber afectado su organismo. Por lo menos así lo creía. Y nació la niña con problemas. Yo no podía contárselo a tu mamá porque ella, como abuela querría conocer a su nieta y por el temor de que se ofendiera le pusieron su nombre. Créeme, no hago las cosas por maldad, sino por ayudar a los míos, por protegerles, y si tengo que poner en su lugar al más pintado, pues lo hago. Hay muchas cosas en las que Vale, perdón, María Eugenia, ha participado conmigo y con su esposo, pero únicamente en lo que he considerado que la fortalecería porque no vas a negarme que te das cuenta de que tu madre es otra.

—No era tonta pero sí una mujer oprimida, tal vez hasta valdría el término "amorosamente oprimida" debido a que mi hijo, tu padre, creyendo que le hacía bien, que le facilitaba la vida, tomaba todas las decisiones y nulificaba su voluntad. Su valor estaba encapsulado. Como para tu papá la Vale siguió siendo siempre la niña de catorce años que se fue con él, sintió que era su obligación procurar que no tuviera problemas, debilitando su voluntad. Porque la voluntad es como un músculo. Si no la ejercitas, si no te acostumbras a elegir inteligentemente, nunca eres libre. Sé que el día que pelamos a la Güera (sonrió la mujer aún refugiada en los brazos del cónyuge), el día que tú siendo Chuchito me diste las tijeras, ése día te convertiste en Jesús y tu madre se atrevió a hacer algo no sólo para evitar ser atacada, sino enfrentándose junto contigo, conmigo y con el personal de mi ranchito a los que querían matarnos.

—Pero el corazón de una madre siempre es débil. Gracias a su debilidad, a mi debilidad, a la generosidad del general Zúñiga y al apoyo de Ifigenio pudieron tus hermanos montar su negocio. Nosotros lo hicimos posible. Ellos no lo saben y probablemente nunca se enteren. Pero de ustedes, Jesús y Johana también he estado pendiente con la ayuda de muchos amigos encabezados por los dos que siempre están a nuestros lados. Por eso sabemos que Mrs. Douglas, esposa del dueño de la empresa para la que trabajan, es la Güera.

El mundo giró en la cabeza de los muchachos Zúñiga.

—Si, cuando vivía la Güera con sus papás en Miami conoció a un joven promesa de la ciencia y la tecnología, se enamoraron perdidamente, casaron enseguida, el hampón de don Lalo y su horrenda esposa huyeron hacia México, ahí se había olvidado el homicidio del licenciadito que timó a René y pudo reincorporarse el rufián a sus turbios negocios. La Escandón se convirtió en Mrs. Douglas. Con el apoyo de su esposo y de sus suegros una vez que le creció el cabello y lo tiñó de rubio se transformó en una mujer fina.

—Nunca tuvo mal cuerpo, al dar a luz a su primer hijo que es un Zúñiga (se abrieron con sorpresa los ojos de todos lo que oían) Sí (agregó la abuela sonriendo maliciosamente), aunque no lo crean y todos digan que es igualito a su "papá", no se asombren, la metamorfosis se completó. Creo que los Douglas han sabido siempre lo del niño, pero nadie, por lo que sé, lo ha comentado porque el niño cada día se parece más a Arthur. Es más, están orgullosos de los dos niños, campeones de tenis que participaron en un torneo internacional que se efectuó en México, con sede en esta ciudad y en Cancún. Y ya que estamos contando secretos, después del viaje a nuestro país la Güera o Mrs. Douglas, como les guste más, enloqueció. Está internada en un hospital psiquiátrico. Su esposo ha ordenado una investigación de su vida aquí y de sus enfermedades personales y familiares, en la que tú (dirigiéndose a Jesús), participarás. Mi yerno (así se refería al General esposo de María Eugenia, la antigua Vale), se enteró por sus amistades en el ambiente diplomático y por mi bocota lo hace de su conocimiento.

—De todos modos ustedes no tenían por qué saber acerca de la identidad de la esposa de su jefe, pero informados como están de todo, ya sabrán cómo actuar en el momento en que les pregunten.

—Abuela Julia no sé si eres una caja de sorpresas o la jefa de un servicio internacional de espionaje. Gracias por el detallado informe que puede afectar la vida de Johana y la mía.

Mariela, Julia y María Eugenia se llevaban tan bien que parecían tener lazos consanguíneo. El general, ahora retirado, no dejaba de ser invitado para todos los acontecimientos importantes del Ejército y a reuniones sociales. A los primeros asistía sólo; a los segundos en compañía de su bella y elegante esposa, siempre vestida por su cuñada, discretamente a la moda. Más difícil fue convencer a doña Julia, pero poco a poco le fue entrando a los afeites y a la ropa con algún color. Al ir a su pueblo ya ni la reconocían porque el chongo, la ropa negra y el quesqueme del mismo color, la distinguieron siempre. Sin ellos no era doña Julia ¡Y el cabello corto! ¡Inconcebible! Pero así era, y la gente amó y admiró más a la abuela.

Capítulo XIII
La investigación en México

Mr. Douglas llamó a Jesús a las oficinas centrales en Estados Unidos. —Esta vez no es por la empresa—, le comentó.— Te mandé llamar por un asunto personal. Envié a México a un investigador privado que creo que no sabe ni por donde comenzar. Quiero que vayas a la Ciudad de México e intentes ayudarlo, por favor. Te pondrá al tanto del caso cuando lo veas. Por cierto, viajas mañana.

Johana no podía creerlo. Se hicieron realidad los vaticinios de la abuela y los peores temores de su novio. —Todo va a salir bien,— le dijo aparentando una seguridad que no tenía.

En el aeropuerto de la Ciudad de México lo esperaba Billy Mann, investigador que servía a Mr. Douglas. Alto, tirando a obeso, calvo a pesar de su juventud, de excelente reputación, preparado para ese trabajo sólo con los pocos datos que su jefe le había proporcionado, como el nombre de sus suegros y su dirección. Compartió con Jesús el objeto de la investigación, que era la salud de la señora Douglas, partiendo desde su niñez hasta algunas enfermedades hereditarias en las familias de sus progenitores; que supuestamente el papá de la esposa del jefe era Eduardo Escandón Martínez, conocido como don Lalo, y la madre era Patricia Deras de la Piedra; que con esos datos fue a la dirección que le dieron en la colonia Irrigación, en la calle Presa de la Angostura, donde no conocían a esas personas. Entrevistó a algunos empresarios mexicanos, amigos del jefe, manifestando que en el gremio empresarial no sabía que existiera alguien con ese nombre. Fue entonces cuando al señor Douglas se le ocurrió que siendo Jesús nativo de la Ciudad de México y ex alumno de escuelas locales, podría ayudar a encontrar la información que requería.

Jesús preguntó la edad, lugar y fecha de nacimiento de la señora Patricia, su grado de estudios, escuelas en las que había estudiado, nombres de algunos amigos con los que hubiera mantenido comunicación y datos de su pasaporte mexicano. Lo único que sabían era el nombre, el lugar y fecha de nacimiento.

—Bien Billy, pues comenzaremos yendo a las oficinas del Registro Civil de la capital porque hasta donde yo recuerdo las actas de nacimiento tienen además de los nombres de los padres, los de los abuelos y el lugar del que son originarios. Me gustaría volver a la dirección que te dio el jefe y preguntar no sólo en esa casa, sino en varias casas de la calle, pero con algunos datos que seguramente obtendremos del Registro Civil. Se me ocurre que en la Secretaría de Educación Pública podría también haber datos de estudios de primaria y secundaria o tal vez más avanzados. Con la fecha de nacimiento también podríamos visitar clínicas y archivos parroquiales porque en México se acostumbra bautizar a los niños, apareciendo en las actas, además del nombre de los padres, los nombres de los padrinos ¿Te parece?

—Ok Jesús. All right.

Y comenzaron las indagatorias. Con el acta comprobaron el nombre y que la señora Patricia había nacido en la Ciudad de México, que el padre era originario de ahí y la madre de Veracruz, de un pequeño pueblo, más bien ranchería en la que no sería difícil hallar a la familia Deras. En la colonia Irrigación no encontraron a nadie en la casa, pero los vio la vecina de enfrente, señora de más de setenta años, le pareció que tenían facha de gringos, no desconfió de ellos, les preguntó a quién buscaban y por qué. Jesús dijo que el dueño de la empresa en que trabajaban les pidió pasar a saludar a sus suegros, don Eduardo Escandón Martínez y doña Patricia Deras de la Peña, papás de su esposa, doña Patricia Escandón y Deras.

—Ahí donde tocaron vivieron unos Escandón,— comentó la mujer. —No tenían amistad con ningún vecino. La esposa era medio estrafalaria. Tenían una sola hija, que no sé cómo se llamaba. Era muy rebelde, también estrafalaria, se la pasaba de farra con sus amigos, de esos juniors de carros del año, prepotentes, fiesteros, escandalosos, parecían drogadictos. Creo que en contra de la voluntad de sus papás se casó con uno de ellos.— Jesús sintió una punzada en el estómago, —y luego oí que se fueron a vivir a los Estados Unidos. Pero lo curioso es que sólo tuvieron una hija, razón por la que no puede ser la persona que ustedes buscan que es casada con un gringo y la Güera es casada con un mexicano,— otra punzada, —a menos que se hubiere divorciado y vuelto a casar.

—¿Y usted recuerda a algunos de sus amigos?

—La verdad no. Sabía que todos estudiaron hasta la prepa en el Instituto Inglés, porque ahí estudió mi hija mayor, pero como escogieron diversas carreras, pues no puedo dar mayores datos. Además, la verdad ni a mi hija ni a mi nos agradaban las amistades de la muchacha Escandón, todos tenían fama de delincuentes y eran muy groseros.

—¿Recuerda dónde queda el Instituto Inglés?

—Si, está muy cerca de aquí, a unas cinco cuadras. La directora actual es mi hija, la doctora Raquel Pinto Arciniegas ¿Por qué no le hablamos y pedimos una cita para que platiquen con ella?

—Mucho se lo agradeceríamos.

Hicieron la cita para la tarde siguiente. La doctora Pinto resultó ser igual de amable que su mamá, tener buena memoria y le gustaba "estar bien enterada". Las malas lenguas decían que era una chismosa, lo que la hacía ideal como informante. Recordaba a la muchacha y a sus papás. Recordaba también que se fueron a vivir al extranjero y al poco tiempo se vendió su casa. Sin embargo el jardinero que servía a los Escandón también atendía el jardín de la casa de sus papás, de hecho trabajaba para todos los vecinos y por él se enteró de que don Lalo y doña Patricia habían vuelto a vivir al país. También informó que el jardinero seguía laborando para los vecinos de la colonia Irrigación, clientes entre los que estaba su madre que podía informarles por dónde andaba.

Como buen hombre de negocios Jesús no desaprovechó la ocasión, promocionó su línea de computadoras y sus programas, contó que tenían distribuidores en México, que podían cotizarle los equipos para la enseñanza del uso de ordenadores y asesoría en programación. Visitó el salón de cómputo, hizo comentarios, la doctora Pinto se interesó, entregó el hombre su tarjeta con el nombre de la empresa que distribuía sus productos en México y el teléfono de las oficinas.

Regresaron a casa de doña Raquel Arciniegas. La pusieron al tanto de la conversación con su hija, confirmó que la misma familia de jardineros les seguía trabajando, que a su casa venían cada mes, agregando que le tocaba podada de césped y arboles el siguiente sábado, habiendo acordado los visitantes estar ahí alrededor del mediodía.

Como Billy deseaba pasear en la ciudad y tenían dos días libres hasta el sábado, el más pequeño de los Zúñiga aprovechó para localizar a su abuela. En la casa de Almoloya le informaron que estaba con su nuera en la casa del General Espota, en la Ciudad de México, así es que se dirigió a la casa de su niñez donde fue recibido no con el cariño de siempre, sino con muchas más muestras de afecto por su madre, su abuela, la tía nueva, Mariela, el General Juan Francisco de la Concha Alcalá, Teté Collado y los chamacos Ifigenio y Abelardo. Si hubiera estado más tiempo ahí, decía, lo hubieran hecho estallar por todo lo que le habían dado para comer.

El sábado conocieron a Jorge, el jardinero. Si,— dijo, —conocía muy bien a don Lalo y a su familia, le seguía trabajando como antes lo hicieron mi padre y mi abuelo.— Atendían los jardines de las colonias Polanco e Irrigación con clientes fijos. Si alguno vendía su vivienda seguro que recomendaba los servicios de jardinería. En cuanto a don Lalo y a doña Patricia los conocía muy bien porque cuando él era joven lo tuvieron los Escandón como jardinero y mozo fijo. Con ellos aprendió a manejar automóvil para llevar a la Güera, que así le decían a la señorita Patricia, tanto al colegio como a sus diversas actividades. —Tuvo que hacerse así porque el papá siempre estaba en negocios y la mamá "ocupada en sus cosas".

—Paty fue una bebé preciosa, sonriente, amorosa con todos. Pero su mamá no hacía más que regañarla el poco tiempo que estaba con ella. Nada le parecía bien de su hija. A veces le decía que estaba muy gorda y la ponía a dieta, otras veces que estaba flaca y desgarbada y la atiborraba de comida. La señora usaba ropa cara pero de pésimo gusto. Lucía joyería cara, que su esposo le traía, se la mostraba a Paty, la niña quería tocarla y no se lo permitía.

Era mala con su hijita, todo le criticaba, no le permitía tener opiniones hasta que entrando a la escuela preparatoria la niña se rebeló, se pintó el pelo de un color rojizo, vestía a la moda de los jóvenes de entonces y se fue rodeando de otros amigos ricos a los que los papás les daban dinero pero no les dedicaban tiempo. Comenzó a tomar los tragos, dicen que a drogarse aunque yo no la vi consumir drogas. A la mamá la tiraba a loca ni caso le hacía. Cuando amenazaba con pegarle se enfrentaba a ella, adoptaba posición de boxeo y la retaba ¡Atrévete! saliendo despavorida la mamá. Al papá lo quería y tal vez él a ella también, sin embargo sus negocios no le permitían dedicarle tiempo. Supo que la enamoraba el hijo de un militar, noviazgo al que se oponía rotundamente la doña, causando que la muchacha se empeñara en casarse.

El novio tenía una casa que le había dado su papá, se fueron a vivir ahí, desconectándose de los Escandón. De repente un día la vieja enloqueció porque le habían robado sus joyas más caras, quiso que el marido presentara una denuncia que no prosperó debido a que las prendas no tenían facturas, y a que todo parecía indicar que la ladrona era la hija. No sé exactamente qué pasó, sólo escuché que la Güera estaba internada en un hospital para enfermos mentales de donde la sacaron sus papás para llevársela a Estados Unidos. Hace mucho tiempo regresaron a México sin la hija, ya habían vendido la casa, compraron otra en Coyoacán, me localizaron para atenderles su gran jardín, lo que hago dos veces por mes. Puedo darles datos de la casa, de las oficinas de don Lalo, de los lugares que frecuenta, todo lo que quieran, pero deben prometerme que él no sabrá que hablé con ustedes. Si lo sospecha nos matará a mí y a mi familia.

Billy inquirió en su mal español —¿Si tú sabes que corres peligro, por qué nos lo cuentas?

—Porque si ustedes están aquí averiguando el pasado de mi Guerita debe ser porque tiene problemas. Yo la quiero mucho, deseo ayudarla sin que por eso vaya a tener problemas.

Nuevamente Billy: —¿Tú sabes si en su familia hay problemas… eh, eh… mentales?

—Bueno, fuera de que sus papás están loquísimos, no sé de sus parientes. Don Lalo aparenta honestidad pero está dedicado a puro negocio chueco y mata con toda impunidad a quien se le antoja. La mamá es una deschavetada. Ya está grande pero le gusta vestir como jovencita, maquillarse en exceso, ir al deportivo todos los días, salir con las amigas, salir cada noche con su marido, dar órdenes todo el tiempo al personal y por sobre todo, que la adulen. Le encanta que la adulen y su servicio se divierte haciéndolo. Ahora que si preguntan si sé de alguien que haya sido internado en un hospital, sólo la pobre Paty, pero por algo que le hicieron.

Jesús: —¿y qué le hicieron?

—La atacaron entre varias personas y le tijeretearon el pelo,— por poco se le escapa a Jesús una carcajada. —Eso fue lo que supimos. No llegamos a verla porque se la llevaron a Estados Unidos.

Anotaron la dirección de la casa de Coyoacán y los lugares que Jorge el jardinero les dijo que don Lalo visitaba, se retiraron e hicieron su plan.

Pensaron que no sería buena idea abordar al señor Escandón en alguno de los sitios que frecuentaba, porque parecería sospechoso, así es que idearon el cuento de que Billy y su familia vendrían a vivir a la Ciudad de México, querían comprar una casa en una buena zona, les recomendaron Coyoacán y les informaron que en esa área estaba en venta una casa amplia, con bellos jardines.

Calcularon la hora en que la señora estaría en su casa y el marido no, llamaron a la puerta, pidieron hablar con la dueña, impresionaron a la sirvienta que los atendió y fue a avisarle a su ama que la buscaban unos señores muy guapos. Ni tarda ni perezosa ordenó que los hicieran pasar a la sala donde aguardaron unos quince minutos hasta que apareció la señora "impecablemente" arreglada, porque "estaba lista para salir" cuando los anunciaron. El que habló fue Jesús, que dijo su nombre, pero no sus apellidos. Presentó a su amigo como Billy comentando que su empresa de los Estados Unidos lo había enviado como jefe de operaciones en México, teniendo como sede la Ciudad de México. Que estaba buscando una casa para su familia, tenía tres hijos, buscaban un lugar seguro donde no hubiera delincuencia, una colonia arbolada y con buen vecindario. Les recomendaron Coyoacán y paseando por ahí les indicaron que esa casa estaba en venta, por lo que se habían animado a preguntar. —No,— dijo la dama con coquetería, —nuestra casa no está en venta, nos gusta mucho a mi esposo y a mí.

—Por lo que veo tienen una hija,— dijo Jesús señalando en una repisa la foto en la que aparecía la anfitriona con su esposo. La señora se ruborizó, —no es mi hija, soy yo, dijo coqueta.

—Oh, disculpe, es que usted es muy joven y el señor se ve mayor. Por eso creí que eran padre e hija.

—No se preocupe, siempre pasa. No sé por qué, pero todo mundo piensa lo mismo. Su risa coqueta denotaba su satisfacción.

Billy abonó en su medio español: —la señora es muy joven para hijos.

—No,— repuso ella: —tengo una hija.

—¿En qué primaria estudia?— Inquirió Jesús.

¡Ay, no! Ya es una mujer casada,— respondió. —Por cierto, vive en los Estados Unidos, tal vez la conozcan.

—Bueno, mucha gente vive en mi país, es muy grande,— dijo Billy.

—Pero es posible,— intervino Jesús —¿En qué trabaja su hija?

—No, no trabaja. Es casada con un gringo,— perdón, –con un estadounidense que tiene negocios de teléfonos portátiles y computadoras. Se llama Arthur Douglas.

Los visitantes se miraron uno a otro con fingidas caras de sorpresa exclamando al mismo tiempo: —¡Es nuestro jefe!

—¡Qué casualidad!— Comentó la anfitriona y su cara cambió por completo. Se levantó abruptamente diciendo: —que tengan un buen día. Va a darle mucho gusto a mi esposo saber de su visita.

Ya afuera de la propiedad comentaron los enviados que sentían que habían subestimado a la vieja y que seguramente casi de inmediato había sospechado de ellos. No era prudente continuar alojados en el mismo hotel, aunque nunca se dijo dónde estaban. Si lo que había dicho el jardinero era cierto, corrían peligro.

—Volvamos a Estados Unidos,— propuso Billy, fueron al hotel a liquidar la cuenta, y de ahí se dirigieron al aeropuerto, compraron pasajes para el siguiente vuelo a la Unión Americana, sintiendo alivio sólo cuando despegó su avión.

Dos días después fue asaltada la tienda del antiguo yerno de los Escandón, pero la policía investigadora no creyó en el asalto porque golpearon brutalmente a los dueños antes de matarlos, y a los empleados los ultimaron de un balazo en la cabeza a cada uno. René, Daniel y Marlene habían muerto. La pequeña Vale y su tía no estaban en el negocio ni en el departamento de Daniel. Se encontraban paseando por Chapultepec porque la nena hacía días que pedía ir.

La noticia sustituyó la nota roja en que se había dado cuenta veinticuatro horas antes de la masacre de una familia completa en Xochimilco. Era una familia de conocidos jardineros.

Los primeros en enterarse fueron los generales de la Concha y Espota. Juntos visitaron a su amigo el Fiscal General de Justicia de la Nación, antes llamado Procurador General de la República, previamente avisado por el Secretario de la Defensa en funciones. El Fiscal llamó a su homólogo de la Ciudad de México. Se reunieron todos con el personal encargado de la averiguación, unieron sus fuerzas operativas para investigar y hallaron un elemento común en los crímenes de Xochimilco y del comercio de telefonía y cómputo. Según los expertos en balística el arma utilizada fue la misma. Estaba registrada en la Secretaría de la Defensa Nacional. Ubicaron al que la registró, supieron que se la robaron de su casa junto con otras pertenencias, algunas de las cuales aparecieron, pero no la pistola.

Habían capturado en su momento a los ladrones, que continuaban presos. De inmediato enviaron a un comandante a entrevistar al jefe de la banda, éste recordó el robo y que la pistola la habían empeñado en un negocio en la Colonia Roma. El dueño de la casa de empeños se puso muy nervioso cuando fueron a verlo y preguntaron por el arma, pero cuando supo que sería acusado de múltiples homicidios porque constaba que él fue el último propietario de la escuadra, milagrosamente recordó que la pistola la había vendido a un cliente habitual, el señor Eduardo Escandón Martínez, que seguramente lo mataría al saber que había dado su nombre. Pidió protección para él y su familia, suplicando que lo llevaran a su casa y lo custodiaran hasta la terminal de autobuses porque huiría con su familia hasta que aprehendieran a Escandón.

Don Lalo y doña Paty ya no estaban en el país. Habían huido esa mañana en un vuelo a Miami. Más tarde ese mismo día cuando la doctora Raquel Pinto Arciniegas fue a visitar a su mamá a la casa de la colonia Irrigación, la encontró muerta.

Arthur Douglas había sido enterado por su gente de todo lo que averiguaron en México, apenas lo estaba procesando mentalmente cuando le avisaron que ahí en sus oficinas se encontraban sus suegros. Se sobrepuso al impacto que le causó saberlo, los recibió con verdadera sorpresa, pero su nerviosidad indicaba que ocultaba algo —¿Pasa algo?— Preguntó el suegro con cara de pocos amigos. —Si,— respondió Arthur. —No había querido inquietarles pero Paty está internada desde hace días en un hospital psiquiátrico. Aparentemente sin motivo alguno se puso mal después de un viaje a México ¿Cómo se enteraron?

—No sabíamos nada.

—¿Entonces, no por eso están aquí?

—No,— dijo don Lalo, —sólo que hacía mucho que no los veíamos y quisimos darles la sorpresa. Ya lo ves. Los sorprendidos ahora somos nosotros ¿Podemos verla?

—¡Claro! Sólo consultaremos con los médicos para ver si hay algún inconveniente. Podemos ir ahora mismo a la clínica.

Y eso hicieron. Mr. Douglas presentó a los papás de su esposa. Preguntaron a los médicos por la salud de su hija, escucharon que físicamente estaba bien, que su trastorno era emocional, encontrándose calmada desde hacía unos días, lo que no significaba que estuviera sana. El doctor Stephens, director del hospital preguntó si alguna vez la señora Douglas había atentado contra su vida o la vida de otras personas. La respuesta fue no. Preguntó si alguien de las familias de los padres padecía problemas mentales. La respuesta fue otro no.

Entonces Mr. Douglas declaró: —algo debe haberla perturbado en el viaje a México. Los niños dicen que no recuerdan que haya ocurrido algo raro pero que su mamá se inquietó desde que supo del viaje a su país, sin embargo fue hasta su regreso que empezó a alterarse hasta perder la razón.

—Si sigue calmada, medicada y bajo vigilancia, pronto podrá ser dada de alta, explicó.

—¿Podemos verla?— Preguntó don Lalo.

El doctor Stephens volteó a ver al esposo preguntándole si estaba de acuerdo, obteniendo como respuesta que el médico era él, que si él lo aprobaba no tenía inconveniente.

—Bien, veamos qué pasa.— El doctor ordenó que prepararan a la paciente y la llevaran al jardín donde estarían esperándola sus padres y su esposo.

Cuando llegaron, Paty abrazó a Arthur. Después de unos minutos los papás se pusieron de pie acercándose a ella. Reconoció a Don Lalo, fue hacia él diciéndole —¡Papá!— Lo abrazó y lo besó. Entonces doña Paty, sonriente, intentó abrazarla y fue empujada violentamente. Cayó al suelo ante la indiferencia de la hija que sólo hablaba con su esposo y su padre. A una indicación del doctor retiraron a la madre del lugar, llevándola a un sitio donde pudiera verlos pero al mismo tiempo no ser vista por la enferma. La visita se prolongó porque a solicitud del médico los hijos fueron llevados a ver a su madre que los recibió con amor y alegría.

—Hijos, perdónenme, he estado enferma, pero no quiero estar más tiempo separada de ustedes. Suplicante exclamó dirigiéndose al doctor ¡Ya estoy bien! ¿Puede darme de alta?

—Si Mrs. Douglas. Mañana mismo. Comenzaremos ahora el papeleo para que pueda volver a su casa con su familia.

La enfermera la invitó a acompañarla, abrazó a su padre, a sus hijos, después largamente a su esposo y se retiró.

Fueron todos menos los niños al consultorio del director de psiquiátrico. Una vez que se acomodaron el médico alzando las cejas señaló: —creo que para todos quedó claro que la señora Douglas tiene un severo trauma asociado con su madre, a la que rechaza. Ni a su esposo ni a sus hijos ni a su padre. Es a la madre a la que no tolera. Desconocemos las razones pero quizá ustedes, nos puedan ilustrar ¿Hay alguna razón para el rechazo materno?

Los padres de la paciente no esperaban la pregunta. La mamá se apresuró a contestar: —ninguna.

Don Lalo respondió: —No que yo sepa. Siempre fue mi adoración, pero tal vez no le dediqué el tiempo que ella requería.

La madre respondió: —¡Ni a ella ni a mí! Siempre estás ocupado en tus asuntos y yo sólo cuento para acompañarte a tus compromisos sociales.

—No empieces Patricia, no empieces.

—¡Claro! Lo que quieres es dejarme mal, que piensen que no soy una buena madre ¡Es lo que quieres! ¡Pero no es así! Yo no he hecho más que poner disciplina en la casa, educar a esa niña malcriada que pensaba que era el centro del universo. Y como tú y los criados la adoraban, pues la mala era yo, que era la única que se preocupaba por su educación. Y ahora todos pretenden culparme de que tu hija esté loca ¡Tan loca como tú!— Escandón no contestó. —¿Por qué no contestas desgraciado? Luego de que me provocas te haces mosquita muerta para que crean que tú eres el bueno y yo soy la bruja malvada del cuento. Eso le hiciste creer a tu hija, por eso me odia, me odia tanto como tú. Pero sabes algo ¡Yo también les odio a los dos y lamento que no estén muertos!

Viendo las caras de todos, comprendió que se había exhibido, se puso a llorar, intentó refugiarse en su marido que no la abrazó. Intentó besarlo, la apartó, el hombre se puso de pie, le entregó un fajo de billetes recomendándole que volviera al hotel. —Puedes estar ahí el tiempo que quieras, yo me encargo del pago. Si algo necesitas deja recado en la administración del hotel. Ellos podrán localizarme. Arthur, cuida bien a mi hija. Doctor, gracias por todo, perdone el espectáculo y haga que Paty vuelva a la normalidad.— El facultativo asintió con la cabeza.

Mr. Escandón desapareció. Poco tiempo después la policía de los Estados Unidos y la interpol empezaron a buscarlo. Mr. Douglas no invitó a la suegra para que fuera a casa con ellos. La casa era de su esposa y no cabía nadie que pudiera hacerle daño.

Capítulo XIV
La Beba y la pequeña Vale

La Beba y la pequeña Vale fueron localizadas en la casa de la abuela materna. La tía ignoraba el porqué de los acontecimientos, sólo sabía lo que la prensa había publicado y la policía le habían contado. Por cómo ocurrieron los hechos dudaba que estuvieran seguras en la casa de su mamá. Así es que cuando doña Vale y doña Julia, la suegra, fueron a verlas, la Beba aceptó de inmediato su protección. La casa del general don Juan Francisco de la Concha Alcalá era grande, mucho más grande que la del General Zúñiga y estaba custodiada. La pequeña Vale aparentemente no se sentía incómoda con tres mamás y una abuela: Valentina, Mariela y la Beba, y doña Julia.

La casa le encantó. Estaba acostumbrada a vivir en un departamento, así es que para ella su nueva morada era inmensa. Había tenido siempre mucha gente a su alrededor, su mamá, su papá, el tío Daniel, la tía Beba y todos los empleados de la oficina y de la tienda, de tal modo que estaba acostumbrada al trato cordial con las personas. Preguntó unas cuantas veces por sus padres y por su tío, y luego siguió su vida alegremente con su nueva familia.

—Ahí está,— decía el general a su esposa, —ya lo ves María Eugenia, querías que tuviéramos un hijo y Dios nos mandó una hijita que siempre va a ser nuestra pequeña. Lamento que tuvieran que morir tus hijos para que esto ocurriera. Oye Vale, nos han informado a Ifigenio y a mí que la niña y la Beba son herederas. La pequeña Vale de las partes de sus papás en la franquicia y la Beba de la parte de su esposo, tu hijo Daniel. Ya pusimos las sucesiones en manos de los abogados y la firma que representaban en México confirmó su beneplácito para que la Beba quede a cargo de las operaciones en México, que están bajo la supervisión directa de Johana, la novia de Jesús.

—Amor, tengo algo que contarte,— dijo Vale al General. —Cuando me fui de casa de mis padres hui de la casa de la colonia Roma a la que me llevaste.

—Lo sé corazón. Tú eres Eugenia Reyes y Covián.

—¿Cómo lo supiste?

—Tú te delataste sin querer. Desde que viste la casa de la colonia Roma tu rostro cambió. Al entrar te transportaste a otra vida. La forma en que acariciabas algunos objetos, en que veías los muebles, las miradas entre los antiguos sirvientes cuando descubrieron tu identidad, el haber deseado dormir en tu recámara ¿Porque esa fue tu recámara, verdad? Todo convergía en tu pasado, pero sabes, es el presente el que cuenta. El pasado hay que dejarlo atrás.

Cambiando de tema déjame decirte que el más pequeño de tus hijos contó a su jefe toda la historia de La Güera y René. Al parecer Paty ya se la había contado, cuando supo de la muerte de su ex. Fue un alivio para ella según supe. La mamá de la señora Douglas fue detenida en su hotel por escandalizar y causar destrozos, fue deportada, volvió a su casa de Coyoacán pero como la propiedad sigue intervenida por la Fiscalía, se fue a vivir a Xochimilco. Resulta que no era tan mala. Años atrás compró una casa ahí para que viviera el Jardinero con su familia. Nos pusimos de acuerdo con la única sobreviviente de la masacre y logramos que la Procuraduría liberara el inmueble y ahora vive en “La Casa Maldita de Xochimilco.” Así le dice la gente del pueblo a la de la infortunada familia.

Capítulo XV
La boda

Y por fin un día llegó la tan esperada noticia. Johana y Jesús decidieron casarse. Querían hacerlo en el Rancho Grande. Deseaban invitar a sus familiares y a los pocos amigos que tenían, entre ellos a los señores Douglas, sus jefes, incluyendo a los abuelos, a Mr. Mann, a Elliot "el Volcán de Fuego" y a su reciente esposa, Covadonga, la ex novia de José Luis. Querían como paje a la pequeña Vale, en el banquete de bodas un menú totalmente mexicano y desde luego un mariachi que les tocara Las Generalas.

Nunca el aire fue más limpio ni más majestuoso en el valle del Xinantécatl.[17] Ese día el clima fue perfecto. Pareciera que la naturaleza hubiera decidido regalarle al nieto de doña Julia el marco perfecto para que el amor lo uniera a su prometida y un recuerdo tan bello que disolviera de inmediato cualquier problema que en el resto de sus vidas pudieran tener. —La vida,— les dijo el sacerdote, —es lo que hacemos de ella, y el amor, el mejor cemento.

Cuando regresaron de la luna de miel en el Caribe se encontraron con varias sorpresas. La primera, el Ford Mustang

---

17. El Nevado de Toluca, aunque aún referido como Xinantécatl (Hombre desnudo), es un volcán mexicano ubicado en el Estado de México, en el Valle de Toluca. Se localiza a 22 km al suroeste de la capital estatal, Toluca de Lerdo.

1982 que le quitaron a René el día que fueron por lana y salieron trasquilados. Doña Julia lo mandó guardar y conservó a la perfección. Estaba como nuevo. Jesús lo aceptó, emocionado. Siempre le había gustado. René no le permitía subirse al deportivo ¡Y ahora era suyo!

La segunda, que el general Ifigenio Espota y Mariles había comprado casa y desocupado la del Coronel. —Ahora,— le dijo Vale a su hijo y a su esposa, —es de ustedes, lo mismo que el rancho de Jalisco.— Johana y Jesús, incrédulos se miraron las caras con gran alegría y abrazaron a su madre, a la abuela, al general y a Mariela, de pronto la cara de Jesús se puso seria y tensa: —¿Y la pequeña Vale?— Preguntó.

—¡Ya ven que mi Chucho no cambia!— Exclamó la abuela Julia. —Yo sabía que pensarías en ella, pero no tienes de que preocuparte. La he designado mi única heredera aunque sé que nada le faltará porque para tu madre y el general es como su hija, además de que tiene tres tías que la adoran, la Beba, Mariela y Johana, y un tío que la ama mucho: tú Jesús.

Beba y la pequeña Julia a raíz de los crímenes de los Zúñiga y de Marlene se fueron a refugiar a casa de doña Magda, pero la chamana Magdalena García era demasiado conocida como para que don Lalo no la encontrara y el ambiente no era adecuado para una niña, él llegó al lugar de doña Magda casi inmediatamente después de que salieron de ahí Beba y la niña. No tuvo que entrar a la fuerza porque la puerta del departamento estaba siempre abierta. El humo en el interior era tan espeso que la visibilidad era escasa, a lo que colaboraba la iluminación a base de velas. Al entrar a la habitación de doña Magda escuchó su voz, una voz ronca, rara y macabra: —tardaste mucho Escandón, te he estado esperando. Pasa y busca dónde sentarte. No te pregunto si quieres marihuana porque ya la estás consumiendo. No te ahogues ni te tragues tu pañuelo, no evita que respires mi humo. Mejor inhala con fuerza para que la paz venga a ti.

Don Lalo apuntó su arma hacia la mujer, preguntándole mientras tosía —¿Dónde está tu hija?

La dueña de la casa afirmó: —mataste a mi Marlene.

—Si, y busco a la otra y a tu nieta.

—La casada con tu ex yerno está muerta ¿Por qué buscas a mi otra hija, que no te ha hecho nada?

—Porque tiene que morir.

—Todos tenemos que morir, hasta tú Escandón ¿Ya mataste a la Deras?

—¿Qué sabes tú de mi esposa?

Riendo la vieja respondió: —yo sé todo Escandón. Sé que tú eres Francisco Sachiñas Bere. Que siempre te molestó ser "dulce gallina", porque eso significan tus apellidos; que siendo un chamaco pleitista, rebelde, problemático, sumamente violento y despreciado por ser tu madre de cascos ligeros, querías huir de tu pueblo. Sé que por robarle, mataste en la sierra de Oaxaca a un hombre blanco llamado Eduardo Escandón, que tomaste sus papeles, usurpaste su identidad con ayuda de gente del bajo mundo con la que ya tenías contacto porque trabajabas para ellos, y te apropiaste de sus bienes.

—¡Cállate! Te voy a matar.

—Puedes intentarlo, pero a la mejor no lo logras y te mato yo,— respondió riendo diabólicamente.

—¿Conoces a mi pueblo, Francisco? Te lo presento.

Volteó a ver a su alrededor, notando que la casa estaba llena de hombres y mujeres que le sonreían maliciosamente mientras portaban machetes. Llevaba mucho tiempo en la casa, había aspirado el humo de la yerba y su cerebro se había relajado. Guardó en un bolsillo el arma, también comenzó a sonreír, aceptó los hongos que le ofrecieron, olvidó los problemas y en algún momento dejó completamente de pensar.

Cuando despertó estaba confundido. Se hallaba en una celda en Xochimilco, según le dijeron. Carecía de dinero y de identificación, su ropa no era la que llevaba cuando fue a matar a doña Magda y estaba descalzo.

—Ya despertó,— dijo uno de los policías. Lo levantaron y llevaron ante el jefe. Este preguntó —¿Quién eres?

Sumamente confundido, temiendo que lo reconocieran, contestó: —soy Francisco Sachiñas Bere.

—¿De dónde eres?

—De Oaxaca.

—¿De qué lugar?

—Nací en Huautla de Jiménez.

—¿Qué haces aquí?

—No sé dónde estoy.

—¿Lo reconoce?— La mujer asustada que estaba ahí respondió que sí, que era su jardinero. El "jardinero" estaba aterrado, temblaba.

¿Se hace responsable de él? Preguntó el comandante.

—Sí, contestó

—Pues pague su multa y lléveselo,— agregó el agente.

Por lo visto la mujer no odiaba tanto a su esposo. Pagó la multa, lo llevó a la casa, lo bañó, le dio ropa de Jorge, le preparó algo de comer, lo acostó y lo tapó. Cuidó su sueño hasta que despertó al día siguiente.

—¿Dónde estamos?— quiso saber. La respuesta lo asfixió: —en casa de la familia Ocotla, ósea la familia de tu jardinero, en Xochimilco ¿La recuerdas?

Se cubrió el rostro con las manos, se tiró en la cama y lloró. Ella nunca lo había visto llorar. No le inspiró ternura sino desprecio. Aprovechó para patear al caído.

—¿A cuántos de la familia Ocotla mataste aquí?

Nuevamente ocultó la cara para que no lo viera llorar.

Ahora ella sonreía: —¿Cómo mataste a los niños?

Se levantó como impulsado por un resorte, tomándola del cuello amenazó: —te voy a mostrar cómo ¡Perra!

La mujer en su ahogamiento trataba de hablar —¡No, por favor no! ¡Si me matas te van a descubrir!

La furia ciega se tornó en terror y la soltó.

La mujer quiso salir de la casa, no se lo permitió, la tiró a la cama, se acostó a su lado y se durmió. Soñó con su niñez, con su despreciada madre, con su padre apodado "el venado" por su abundante cornamenta. Volvió a vivir el entierro de su mamá, al que sólo asistieron el esposo, los hijos y el sepulturero, porque el cura se negó a acudir.

Volvió a su adolescencia y a su juventud. Repudiado por todas las personas decentes del pueblo que a sus hermanos y a él les apodaban "los moles", comenzó a reunirse con los delincuentes juveniles que le presentaron a sus jefes, a los que su falta absoluta de principios, su deshonestidad y desprecio por la vida ajena les fascinó. Pronto se convirtió en el matón a sueldo mejor cotizado, entrando en contacto con políticos, autoridades y empresarios que apreciaban sus habilidades y las utilizaban para sus fines. Dinero ya no le faltaba pero no era respetado. Era temido, sí, un coyote solitario capaz de agredir a las personas más cercanas. No a sus amigos, porque no tenía. No necesitaba aparentar ser malo. Era malo.

Sus empleadores confundían su falta de sentimientos con poca inteligencia. Nunca cuestionaba una orden, simplemente la cumplía, y no pensaba en consecuencias debido a que contaba con la protección de autoridades corruptas y si se negaban a protegerlo simplemente los mataba.

No se lo decía a nadie, pero necesitaba aceptación y a alguien que lo amara. Sin embargo no había nadie dispuesto a satisfacer esas necesidades porque todos sabían que tratar con él era como hacerlo con el demonio.

Sólo podía tener sexo por dinero y eso cuando llegaba al pueblo alguna prostituta nueva que ignorando quién era lo aceptaba y siempre acababan en el hospital porque en ellas vengaba el rencor que le tenía a su madre por haberlo dado a luz.

Sabía que su padre biológico no era el marido de su mamá porque no se parecía en nada a él. Sus padres eran notoriamente de alguna de las varias etnias oaxaqueñas y él era blanco y de ojos claros. Su cuerpo tampoco correspondía a los de los hombres de la región. Él era alto, de piernas largas, de complexión robusta pero de ninguna manera gordo; de pelo castaño claro y su metro con ochenta centímetros de estatura lo hacían destacar entre la gente.

El tipo de trabajo que desempeñaba lo hizo astuto. Con el paso del tiempo se acostumbró a tratar con todo tipo de personas, a medio controlar su carácter, a simular para no caer mal y a aprovecharse de todo el que pudiera sin exponerse a ser inculpado.

Sin embargo no podía evitar que la gente lo rechazara en forma instintiva. Había algo en él que causaba miedo y repulsión, especialmente a las mujeres que huían de su presencia aun cuando les resultara atractivo.

Un día lo citó en el palacio de gobierno de Oaxaca un alto funcionario federal ordenándole que atendiera a un inversionista que vendría de Guatemala con la intención de trabajar la minería. Había obtenido una concesión y quería conocer el lugar que explotaría y también deseaba visitar todo el estado de Oaxaca. Le encomendaron atenderlo y vigilarlo. Que se enterara de todos sus movimientos, tomara nota de sus conversaciones, que se hiciera su amigo para averiguar cuanto pudiera acerca del yacimiento de oro y plata del que hablaba Escandón.

Así lo hizo. Al principio don Eduardo le daba órdenes y le encomendaba trabajos muy simples, algunas investigaciones en oficinas locales relacionadas con planos e inscripciones de tierras e historiales de sus propietarios, pero como cumplía a satisfacción las encomiendas, fue teniéndolo más tiempo a su lado haciéndose común que desayunaran y almorzaran juntos, y después que ocasionalmente en las noches tomaran algunos tragos que facilitaban que el empresario hablara de él, de su origen, de sus padres, sus amistades, las razones que lo llevaron a Oaxaca; cómo había sabido de la riqueza en minerales de esa región y la forma en que le habían otorgado la concesión de una mina abandonada desde hacía tiempo, por haber sido mal explotada, ignorando sus dueños que era un gran yacimiento de oro y plata y otros minerales. Escandón era un hombre de unos veintiocho años que aparentaba veinte. Sachiñas era un hombre de diecinueve, que aparentaba treinta. Sus características físicas eras similares, ambos altos, delgados, claros de color, de ojos color miel y se sentían a gusto uno en compañía del otro.

Comenzaron a localizar a los hombres de una lista que le habían proporcionado y supuestamente sabían todo sobre la mina, los contactaron, se reunieron con ellos, al principio se mostraron reacios a hablar del tema pero al calor de los tragos fueron soltando la lengua con la condición de que no contaran nada de lo que les dirían, y la promesa del nuevo dueño de emplearlos.

Todos sabían en la región que en la mina había mucho mineral que se había dejado de explotar porque algunos políticos querían apoderarse de ella y mataron a los concesionarios pero nadie podía tomar posesión debido a que eran muchos los que peleaban por el yacimiento, estorbando cada uno las pretensiones de los demás. A pesar de eso, periódicamente se seguían realizando estudios que no sabían los pobladores si eran ordenados por alguna autoridad o por los interesados, pero al poco tiempo desaparecían los trabajadores.

De todo informaba Francisco a detalle al político que apoyaba a Eduardo Escandón, y el tiempo transcurría haciendo mayor la confianza de éste que continuó contándole de su vida. Decía haber nacido en España de padres naturales de Cantabria.

Su padre fue ingeniero y trabajó en la mina de Belmonte en Asturias. Por razones políticas tuvo que huir de España, halló trabajo en la minería de Guatemala, pero a pesar de que vivían cómodamente creía que nunca iban a progresar. Comenzó a indagar sobre México e hizo que Eduardo se interesara en el tema, sobre todo a partir del día en que conocieron a un mexicano que desempeñaba en el gobierno de su país un alto puesto en la oficina que otorgaba concesiones mineras. El nuevo amigo prometió ayudarlos si decidían trasladarse a México, manteniendo comunicación epistolar con los Escandón. Al morir en un accidente sus padres, siendo hijo único y sin parientes decidió continuar los planes que habían hecho, llegó a la capital del país vecino, localizó al amigo que lo acogió con afecto, le presentó a varios funcionarios, ellos investigaron sobre minas que se podrían adquirir, hallaron una prácticamente abandonada pero con concesión vigente, decidiendo Eduardo trasladarse a Oaxaca para conocer el lugar y sus alrededores, a su gente, las posibilidades de que su inversión redituara y tomar decisiones. Con el concesionario no tuvo problemas. El concesionario lo que quería era deshacerse de un negocio en el que no podía invertir y en el que se estaba yendo su escasa fortuna.

Se trasladaron a la Ciudad de México, Escandón llevó a Francisco; en su compañía hicieron todos los trámites y mientras se concretaba la cesión se dedicaron a conocer la ciudad. Les fascinó. El español manifestó que lo primero que haría al comenzar a producir su mina sería comprar una casa en la capital.

El político que había encomendado la misión a Sachiñas lo citó en sus lujosas oficinas y lo instruyó. Una vez obtenida la concesión, al regresar a Oaxaca haría desaparecer al español. Como había gran parecido entre ambos Francisco asumiría su identidad teniendo para ello que comenzar a vestir como el gachupín y comportarse como él. Con la identidad de Eduardo

Escandón cedería los derechos de la mina a la persona que se le indicaría y hecho esto sería ampliamente recompensado. Serían suyos desde ese momento todos los bienes del difunto.

Sólo había una condición. No podría volver nunca a Oaxaca.

La cara de Francisco no demostró emoción alguna, pero lloraba por dentro. No por no poder volver a su tierra, ya que siempre quiso alejarse de ella, sino porque sentía que por primera vez en su vida tenía un amigo y lo iba a matar. No dudó un segundo que lo tenía que matar, pero le dolía.

Los papeles de la concesión estuvieron listos, regresaron a Oaxaca, el ingeniero Escandón acompañado de Sachiñas visitó sus bancos, hizo consultas y trámites para poder disponer de su dinero indistintamente en Oaxaca o en la Ciudad de México, encontró una casa para instalar las oficinas de la compañía minera, dejó la pensión en que se había hospedado hasta ese momento, acordó con la dueña de la casa que ocuparía que en tres días firmarían el contrato… y nunca volvió.

El que llegó dos meses después fue el nuevo dueño de la mina, que la puso a trabajar de inmediato con tan buenos resultados que volvió la prosperidad al pueblo.

Sachiñas también desapareció. Era lógico. Se había convertido en el colaborador más cercano del jefe y cuando éste vendió sus derechos al nuevo dueño seguramente decidió conservarlo a su servicio en la capital.

El cadáver nunca apareció. Tuvo que matarlo por la espalda porque no se atrevió a ver a los ojos a Escandón mientras lo asesinaba, pero lloró, lloró mucho porque era su amigo, su único amigo y le había dado muerte.

Dejó mal al chofer que le enviaron para trasladarlo a la capital del país, porque sabía que lo habían instruido para matarlo.

Salió del Estado en el vehículo de un conocido. Desde luego lo mató para que no pudiera contar nada.

El sujeto que debía matarlo, para no quedar mal, informó a su jefe que el trabajo estaba hecho.

Eduardo Escandón, el nuevo Eduardo Escandón llegó a la Ciudad de México y se puso en contacto con los delincuentes para los que había trabajado desde joven, siendo acogido como uno de la banda. Ellos sabían todo sobre él. Lo ayudaron en su transformación para que fuera creíble su nueva identidad.

Vestía como catrín, trataba de utilizar los modales y expresiones que aprendió de su "difunto amigo", pero la mirada diabólica lo delataba. Atemorizaba a todos y salvo su círculo de delincuentes no había quien lo aceptara.

Entonces conoció a una mesera del conocido restaurante en que acostumbraba desayunar y se pusieron de acuerdo para que se sentara siempre en una de las mesas que ella atendía. Se llamaba Patricia Deras, era de un pueblito del Estado de Veracruz. Siempre estaba maquillada, bien peinada, el uniforme le lucía bien, no le tenía miedo, por naturaleza era alegre, lo atendía sonriendo, igual que a los demás comensales, pero sentía que a él le deba un trato especial. Varias veces la invitó a salir, siendo amablemente rechazado.

Una mañana ella dijo que no lo vería en unos días porque iría a su pueblo a ver a su familia. El comentó que no tenía compromisos en esos días y si ella quería podía llevarla en su automóvil. De inmediato dijo que no, que eso no podía ser. Lalo le sonrió diciéndolo que sí podía ser, si ella quería.

Al día siguiente la señorita Patricia aceptó. Así conocieron los padres de ella al enamorado que les dio miedo a pesar de que era amable y caballeroso. Le dijeron a su hija que no le convenía, que notoriamente era una compañía muy mala. Que no volviera a verlo, podía regresar en camión a la Ciudad de México, pero no con él porque transparentaba falsedad, maldad.

Todo fue inútil. Poco tiempo después se casaron sin más compañía que unos cuantos de los secuaces del novio con sus parejas y algunas compañeras de trabajo de ella, que a partir de entonces no tuvo comunicación con su familia pero les mandaba dinero de vez en cuando a lo que su marido nunca se opuso.

Patricia era guapa, tenía muy buen cuerpo, sonreía, era coqueta sin exageración, le encantaba que la adularan y vivía para su marido que la amaba, consentía y llenaba de alhajas. Las vidas de ambos cambiaron drásticamente cuando contrajeron matrimonio. Formaron una bella pareja bien recibida entre los nuevos conocidos que se multiplicaron cuando compraron la casa de la colonia Irrigación. Nació su hija, la inscribieron en una escuela privada, comenzaron las invitaciones a fiestas infantiles, amistades de otro ambiente social, visitas al club donde tenían la mayor parte de las nuevas amistades, al que ingresó como socio por insistencia de la señora Escandón, comenzaron las clases de tenis de ella, el descubrimiento de sus dotes que rápidamente la hicieron destacar en el deporte hasta formar parte del equipo femenil que representaba a su club… y también empezó la falta de dedicación a la hija de la que estaba celosa porque ya no era ella el único amor de su esposo.

Don Eduardo salía temprano y regresaba tarde a casa. Prácticamente vivía para sus negocios y sin embargo casi todas las noches salía a cenar con su esposa disfrutando la compañía de una bella mujer bien vestida y alhajada que representaba lo que él hubiera querido que fuera su madre. A su padre lo despreciaba por no haber repudiado a su mujer desde la primera vez que lo traicionó. Debió matarla para lavar con su sangre su honor, pero en vez de eso se convirtió en un ser pusilánime que nunca veía a los ojos a nadie y transmitió su vergüenza a sus hijos, "los moles", despreciados y señalados por todos como si ellos fueran los pecadores y ejercieran el oficio materno. Los recuerdos fueron tan vívidos que se revolcaba en la cama.

Despertó muerto de frío en la madrugada, aun cuando estaba cubierto por una cobija; su esposa estaba sentada en la mesa del comedor, pensativa, tomándose un tequila. Puso frente a él un caballito y la botella. Después de tres tequilas el hombre se levantó, le dio un beso en la frente y volvió a la cama.

—¿Cómo puede dormir tan tranquilo en la casa de la familia que masacró?— se preguntaba Patricia. De pronto un estremecimiento recorrió su cuerpo —Y yo ¿Cómo puedo estar en la casa de la familia que fue asesinada por mi culpa? Porque si yo no le hubiera afirmado que lo estaban buscando policías gringos, él no se hubiera alborotado ni hubiera atando cabos para llegar a la familia de los jardineros Ocotla, a la vecina, al odiado René y lo demás fue de pilón.[18] ¿Cuándo aprenderé a tener cerrado el hocico?— El terror y junto con el miedo se apoderaron de ella al preguntarse —¿Cómo sabían dónde estaba? y ¿Quién le avisó que su esposo estaba en la cárcel? Nos quieren juntos para matarnos con mayor facilidad,— concluyó. Don Lalo despertó en esos momentos y por lo visto tuvo entre sueños el mismo presentimiento.

—Tenemos que irnos,— le dijo. —No podemos permanecer aquí porque alguno de los vecinos puede reconocerme. A ti te conocen y sería lógico que sospecharan de un hombre que vive con la patrona. Yo no tengo encima ni un centavo ni puedo tratar de usar mis cuentas bancarias porque me ubicarían. Tengo que irme, acudir a gente que me es fiel, conseguir fondos y desaparecer por algún tiempo. ¿Quieres venir conmigo?

—Si quiero, pero no lo creo prudente. En este momento sería un estorbo para ti. Podrías ayudarme encomendándole a alguno de tus abogados que haga que me devuelvan la casa de Coyoacán, pues como yo nada tengo que ver con las investigaciones, sabiendo que tú estás desaparecido, existe la posibilidad de

---

18. En México se utiliza esta palabra en forma coloquial para decir que es por añadidura, generalmente se usa para mencionar una pequeña cantidad de alguna mercancía, que añade el comerciante como regalo al comprador.

que un litigante hábil recupere nuestra casa ¿No crees? Ahí, con la discreción necesaria, podríamos estar más cómodos. Abrió un ropero, sacó su bolso de mano, lo vació en la mesa diciéndole al marido: —toma, llévate todo.

—¿Y tú?— Preguntó él.

—Yo estaré bien. Tengo este techo, puedo conseguir trabajo para sostenerme o sostenernos si decides volver aquí.— Él dudó un momento, tomó el dinero, dio las gracias y salió.

Aproximadamente dos horas después, estando la mujer revisando el ropero llegó el comandante con dos de los agentes que había conocido en la comisaría, abrió la puerta sin tocar preguntando de sopetón —¿Dónde está su esposo?

—Eso quisiera yo saber,—respondió.

—Era él ¿Verdad?

—¿A quién se refiere?

—Usted lo sabe bien, al hombre que estaba aquí, a su esposo, Eduardo Escandón.

—Ojalá hubiera sido él, yo se lo hubiera entregado con gusto, pero era un jardinero amigo de los Ocotla, que me estaba trabajando para arreglar esta casa. El bolso de mano seguía sobre la mesa, lo señaló diciendo: —miren cómo me pagó el que hubiera cubierto su multa. Robó todo el dinero que tenía y estoy revisando para ver que más se llevó. Aparentemente sólo se llevó ropa del difunto Jorge. Aquí no hay mucho que robar, pero temo que vuelva y me haga daño.

No muy convencido pero sin pruebas el jefe ordenó a sus hombres salir, prometiendo estar pendiente para ayudar en caso de que se requiriera.

—¿Y cómo sabría usted que necesito ayuda?

Una llamada basta.

—¡Ajá, muy bien! ¿Y desde dónde voy a llamar si en la casa no hay teléfono? Gracias de todos modos pero tendré que ver adonde ir. Hace mucho pero mucho tiempo que no voy a mi pueblo, en Veracruz, no sé si vive algún familiar mío pero apenas junte lo del pasaje me iré. Hace poco tenía todo y ahora no tengo nada.

—Si cambia de domicilio avísenos.

—Lo haré.

Desde luego la promesa fue vana. En un lugar oculto en el ropero que revisaba halló su reserva de efectivo y sus preciadas alhajas. Cuando salió de "la casa maldita" nadie hubiera imaginado que era una mujer rica. Vestía como indigente, su mirada era sumisa y sus manos temblaban. Iba a buscar a doña Magda. Años atrás era asidua asistente a las reuniones de la chamana que le había advertido lo que pasaría si no cambiaba, si no controlaba su carácter y su lengua, a lo que no hizo caso y ahora pagaba las consecuencias mientras daba gracias a Dios por estar viva.

Entró a la vivienda de la mujer sabia, sintió el olor del humo, lo aspiró con fruición recordando dichosas épocas pasadas, volviendo a la realidad cuando escuchó su nombre en la ronca y peculiar voz de doña Magda.

—Bienvenida Patricia me alegro de que estés viva. Tuve que trabajar mucho para que tu marido no te matara porque está consciente de que todos sus problemas tú se los has causado. Habrás reflexionado y concluido que sus últimos muertos se deben a tu maldad, a tu bocota, porque sabías, como has sabido siempre, que basta cucarlo[19] tantito para que quiera matar a alguien y tú además de motivarlo lo dirigiste a los lugares donde encontraría a sus inocentes víctimas.

—Mi hija Marlene no tenía nada que ver con los Escandón. Mi yerno René fue casado con la Güera pero no tiene contacto con ella, como tampoco lo tenía su hermano menor y los pobres empleados eran totalmente inocentes.

19. Provocarlo.

A Jorge el jardinero lo delataste tú y el pobre a la ex vecina de la colonia Irrigación. Los hombres con los que hablaste no eran policías. Eran gente de tu yerno el gringo que buscaba cura para su mujer, tu hija, está loca gracias a ti. En verdad es raro que no estés muerta. Tu esposo vino a verme buscando a mi otra hija y a mi nieta para matarlas y de paso meterme una bala, lo que evitaron mi nube y mis ángeles que siempre me rodean. Míralos a tu alrededor y aspira el santo aroma de la paz.

Para ese momento Patricia Deras había aspirado suficiente para emprender el vuelo a grandes alturas. Cuando aceptó comer los hongos viajó al infinito, pudo ver la tierra en su pequeñez, vivió el éxtasis y el amor sin condiciones ni barreras, despertando quién sabe cuánto tiempo después en su cama de la casa de la colonia Coyoacán. Tenía hambre y sed. Bebió un vaso de agua y vomitó un océano. Buscó comida en su refrigerador, halló brownies que comió con desesperación, su estómago se calmó, la invadió el sueño, durmió profundamente, al despertar sintió que ya estaba bien, buscó su dinero para emergencias y sus joyas que estaban ahí, en su mesa de noche exactamente como las había envuelto, se cambió de ropa, luciendo una vez vestida, maquillada, peinada y perfumada, como la antigua señora Escandón. No dejó de notar que faltaban algunos electrodomésticos, adornos y el juego de cubiertos de plata, pero no le importó después de descubrir que su dinero de emergencia y sus alhajas y monedas de oro no habían sido tocados.

No sabía cómo entró a su casa pero al salir rompió sin querer algunos sellos de la autoridad que debían impedir el acceso.

Caminó unas cuantas cuadras para alejarse, tomó un taxi e hizo que la llevaran a la Central de Camiones donde compró un boleto al puerto de Veracruz, de ahí viajó a Acultzingo, vio sus amadas montañas y el Pico de Orizaba, tomó un taxi que la llevó a casa de sus padres, entró al terreno, –un bello jardín–, vio a una anciana sentada al sol y a niños y jóvenes que correteaban a su alrededor, se acercó a ellos, preguntó por don Juan Deras, con desconfianza le dijeron que había muerto, dejaron que se acercara a la anciana que la miraba expectante, se arrodilló frente a ella, tomó una de sus manos y la besó diciéndole "madre". La anciana la atrajo hacia ella, la abrazó, llenó de besos mientras repetía: —¡Patricia, Patricia, yo sabía que no me ibas a dejar morir sin que te viera por última vez!

Tambaleando se puso de pie, pidió sus lentes, la miró de arriba a abajo y declaró convencida —¡Estás más bella que nunca!— La hija rio bromeando, diciéndole —lo que pasa es que ya no te quedan tus lentes.— Mientras todos reían la hizo entrar a la modesta y confortable casa, ordenó que prendieran la chimenea y mandó a los muchachos a que llamaran a sus papás.

Conforme fueron llegando los hermanos la casa se fue llenando de abrazos y de alegría. Los papás presentaron a sus hijos enterándose la tía de que era famosa entre sus sobrinos debido a que la familia hablaba mucho de ella. Todos sabían que había apoyado a sus padres y a sus hermanos, que le debían la prosperidad de que gozaban. Cierto que tenían tierras, pero carecían de capital para trabajarlas y ella se los proporcionó. Aunque no la veían sabían que estaba pendiente de ellos y la amaban a distancia sin conocerla, causándoles gran satisfacción poder verla, conversar con ella, abrazarla, contarle sus cosas, llevarla a sus casas, a recorrer el pueblo y escucharlas a la abuela y a ella contar sus recuerdos.

En un momento de confidencias entre madre e hija, la anciana le confesó que a veces llegó a pensar que estaba muerta porque no tenía noticias de ella, pero que pedía mucho a Dios y a Su Santa Madre que se la cuidaran —y ya ves ¡Me hicieron el milagro! Pero dime hija ¿Cómo está tu marido?

—Bien madre. Está bien y ya que salió a un largo viaje de negocios, aproveché para venirte a ver.

—¿No tuvo nada que ver la muerte de los Ocotla?

Patricia se derrumbó —¿Qué sabes de eso?

—Todo hija, lo sé todo. Don Jorge, el humilde jardinero te quería mucho. Me contaba todo lo que sabía de ti y de tu familia. Así supe que mi nieta casó con el hijo de un militar, que se separó de él, se fue a vivir a Estados Unidos, que cambiaste de casa, y por la hija de don Jorge, la casada, con la que también tengo comunicación, supe que tu marido mató a sus padres y a toda su familia, que ella te abrió la casa de sus papás para que te quedaras cuando la autoridad ceduló la tuya y que de alguna manera tu marido estuvo en la casa maldita. Podrás imaginarte cómo fastidié a Dios, a Su Santa Madre y a todos sus santos para que te cuidaran del malvado asesino. Ya estás con nosotros, relativamente segura, pero creo que no debes exponerte, que no debes exhibirte demasiado ni hacer mucha vida social. Es más ¿Recuerdas a la hermana menor de tu papa?

—¡Claro! La tía Leonor, cómo olvidar a la monja a la que de chamacos le decíamos "Sor Deras". La mamá también sonrió informándole que "Sor Deras" era ahora la superiora de su orden, que tenían convento en Veracruz y tal vez sería conveniente que se pasara un tiempecito con ella. —Como que sería más difícil que tu esposo atacara un convento ¿No crees?

—Mamá, no existe razón para que Lalo desee atacarme. Creo que estamos en buenos términos. Lo de los Estados Unidos no fue tan grave. Es cierto que le dije cosas desagradables, pero estaba muina[20] porque trataban de culparme de la locura de Paty.

—A ver hija, cuéntame lo que pasó, pero no inventes, dime las cosas como ocurrieron, las palabras que pronunciaste y todos los detalles. Patricia contó con bastante apego a la verdad lo ocurrido en la clínica, concluyendo la mamá que se había

20. En México, "muina" es una palabra que significa enojo muy fuerte. Es una palabra popular que se usa más en el medio rural y entre personas con poca o nula escolaridad.

excedido. Luego, apenada Patricia refirió lo del hotel. Cómo se enojó, rompió cosas, hizo un escándalo, la hicieron pagar los daños y la deportaron.

Con cara maliciosa la anciana señaló: —si así fue ya sabrá tu yerno de dónde le viene la locura a la niña. Lo que me imagino que no saben ni tu hija ni su esposo es que Eduardo Escandón es un gran asesino. Más vale dejarlo así porque de otro modo averiguarían que Eduardo Escandón no es Eduardo Escandón.

Sorprendida Paty preguntó —¿Lo sabías madre?

—Tu papá siempre lo supo, pero como tú estabas locamente enamorada y de todos modos te ibas a largar con él, nos vimos obligados a aceptar tu matrimonio creyendo que él en verdad te amaba. Sigo pensándolo ahora más que nunca, porque de otro modo ya estarías muerta ¡Ay hija! En verdad no necesitas enemigos. Tu sola te haces daño y le haces la vida imposible a los que te rodean. El difunto señor Ocotla nos contaba cómo atormentabas a tu hija, como le decías cosas desagradables, la regañabas por todo, te burlabas de ella, le hacías maldades hasta que se te enfrentó. Perdóname hija, pero te lo buscaste.

Ahora, por lo que más quieras ¡No fastidies a tu esposo! Si no puedes quererlo ¡Pues no lo quieras! Pero por tu vida ¡No lo hagas enojar!

Patricia abrazó a doña Carmela, prometiéndole cambiar, controlar su carácter, ser más cariñosa y hablar menos.

—Hija, siempre has sido buena, pero muy voluntariosa y no has comprendido que no siempre puede uno hacer su voluntad. Lamentablemente nadie es el centro del universo. Ni tú ni yo ni nadie y tú lo olvidaste o no lo sabías y cometiste el error de creer que lo eras. Ya viste que no, compréndelo, cambia, eres buena pero tú ego es muy grande. Contrólalo, deshazte de él, hazle entender que no eres la única persona en el universo y que todos queremos que se nos tome en cuenta. Sé que tu hija no quiere verte. No la obligues, simplemente ámala, que sepa que no eres perfecta, pero que la amas más que a nada en el mundo. Que si fallaste fue porque la querías mucho y deseabas que no sufriera.

—¿Se lo digo aunque no sea cierto?

—¿Cómo? ¿No amas a tu hija?

—¿Quieres que te mienta?

—No, no la quiero. En verdad la odio porque me quitó la libertad y me robó el amor de mi esposo. Lalo me consiente a su manera. Creo que sólo nos ama a Paty y a mí. En ese orden. Si fuera inverso no me quejaría. No es muy demostrativo de sus afectos, porque no los tiene. Él sólo sabe de intereses y su mayor interés es el dinero. Le gusta ser temido. Su frase predilecta en los negocios es: no deseo que me quieran, quiero que me teman, que estén conscientes de que cualquiera que me traicione, no me pague o se me oponga, se muere. No sólo lo dice madre, lo cumple, pero conmigo, a su manera ha sido bueno. Sólo una vez dudó de mí, porque un militar me estaba coqueteando, desde luego no le hice caso, pero esa noche en una parranda casualmente mataron al coronel Zúñiga.

Si mamá, al padre de Rubén, mi ex yerno. Nunca se aclaró el caso y él nunca fue sospechoso. Pero la advertencia fue tan clara que hasta hoy la tengo en cuenta, porque no soy tan bruta.

Cuando fueron los dos gringos a la casa de Coyoacán, pretextando quererla comprar, insistieron mucho en que me veo muy joven y parezco hija de mi marido. Y luego resulta que conocían a Patricia y a su esposo. Algo estaba raro por eso le conté todo a Lalo, de inmediato investigó a los dos hombres, el cuarto de hotel estaba a nombre de William Mann, de la "Douglas Technology Enterprice", la compañía de mi yerno ¡Y los representantes en México eran los Zúñiga!

Ya no importaba qué querían, sino que en su mente criminal había que castigar a los que lo traicionaron. Comenzó a elucubrar acerca de cómo habían llegado a nosotros si poquísimas personas sabían dónde vivíamos. Tenía que haber una relación del pasado en el hilo que los llevó a nuestra casa y la encontró en Jorge Ocotla, nuestro fiel jardinero convertido en traidor al patrón, que antes de morir vio que asesinara a toda su familia, contó todo lo que sabía, causó la muerte de su cliente de la colonia Irrigación y de casi toda la familia Zúñiga, porque la esposa del hermano menor se salvó al estar paseando a su sobrina.

Eduardo sabía que la muchacha iba a ir a refugiarse a casa de su madre, doña Magda, la chamana de la Roma. Fue a buscarla, no la encontró, trató de matar a la mujer sabia, y ella, mas lista que él, lo hizo aspirar humo de cannabis, le dio otras drogas, lo encueró, le puso ropa de indigente, lo fue a tirar a Xochimilco y mandó que me avisaran que estaba en la comisaría para que fuera por él. Recordarás que yo estaba en aquél momento en la Casa Maldita, porque no pudiendo entrar a mi casa, que estaba custodiada por la policía, la hija de Jorge Ocotla me la ofreció sabedora de que esa casa yo la había comprado para su familia. Ella se salvó porque vive en casa de su esposo, lo que ignoraba Lalo, como también ignora que cuando se casó Helena yo le di dinero para que pusiera una tiendita de barrio que resultó un gran negocio para ellos, cuya gratitud manifestaron ayudándome.

Cuando pagué la multa de Lalo nos dimos cuenta de que pronto lo identificarían los vecinos como la persona que visitó a la familia Ocotla la noche que fueron asesinados. Él le dio a la policía un nombre, que no tenía nada que ver con el del asesino, pero más temprano que tarde atarían cabos, como lo hicieron.

Fui a ver a la mujer sabia, ya me esperaba, me culpó de la muerte de su hija, advirtiéndome que mi marido me iba a matar. Me hizo inhalar mucho humo, me drogó hasta que perdí la razón, despertando en mi cama, en mi casa de Coyoacán. Tuve oportunidad de bañarme, ponerme ropa buena, maquillarme, peinarme y recuperar mis reservas para emergencias que nadie había tocado. Salí de la casa, me llevaron a la terminal de autobuses y vine a ver si me aceptaban, a pesar de que he sido una ingrata.

—Hija, tú nos apoyaste a tu manera, con dinero, pero te estorbábamos en tu nueva vida, lo que comprendimos sin dejar de desear verte, abrazarte, llenarte de besos. Ya tuvimos la alegría de saber que estás viva y así deseamos que continúes. Por eso tenemos que pensar dónde debes quedarte. Sigo creyendo que con Sor Deras (riendo) podrías estar bien.

—¿Y ustedes?

—Si viene no podemos ocultarnos, pero sí tratarlo bien y decirle dónde estarás, pidiendo a Dios por él.

—¿Lo creerá?

—Mira hija, a la adivina la dejaste en la colonia Roma, yo sólo puedo hacer suposiciones, pero estoy segura de que las cosas ocurrirán como te digo.

Capítulo XVI
Encuentro con el destino

Francisco Sachiñas Bere llegó a Huautla de Jiménez. Nunca creyó hacerlo, pero al pronunciar su nombre Zapoteco sintió la necesidad de encontrarse con sus orígenes. De cualquier manera, se decía, no tenía nada que hacer ni debía ser visto en los lugares que habitualmente frecuentaba en la Ciudad de México.

Por dinero no tenía problema y eso podía ser peligroso porque si se hacía notar seguramente lo matarían para quitárselo, así es que halló una posada, se registró con su nombre contando que estaba ahí por negocios, buscando "áreas de oportunidad" para un grupo de inversionistas con el que trabajaba. La dueña de la posada, una mujer amable, respondió sus preguntas durante la cena, sencilla pero sabrosa.

Durmió bien, a la mañana siguiente después de tomar café salió a recorrer el pueblo. Con toda calma se dirigió a la casa de sus padres, la vio distinta, había una tienda al frente. Entró, lo atendió una amable jovencita a la que pidió cigarrillos, un encendedor, pastillas de menta y tomó una soda mientras platicaba con ella. Contó que él había nacido en ese pueblo y conocido a la familia que habitaba esa casa, los Sachiñas. Dijo que había estudiado con Francisco, que era de su edad.

—Francisco era hermano de mi abuelo,— le contó la muchacha. —Se fue del pueblo hace muchos años. No sabemos si vive pero recuerdo que el papá de mi abuelo decía que durante algún tiempo Paquito le envió dinero para que invirtiera y lo hizo en el campo y en pequeños negocios como éste que permiten que los miembros de la familia tengamos ingresos propios, de los que es costumbre separar una parte de las ganancias que se depositan en una cuenta por si algún día viene el tío Francisco.

—Son una familia muy unida ¿Verdad?

—Si,— dijo ella sonriendo y preguntó: —¿No todas las familias son así?

El cliente pagó, dio las gracias y se fue caminando calmadamente como quien va reconociendo el lugar e hilvanando recuerdos. Comió en el centro del pueblo, se dirigió a la posada, al llegar enfrente no entró porque vio hombres que estaban hablando con la posadera y entre ellos le pareció reconocer al comandante de la policía de Xochimilco.

Sin apresurar el paso continuó su camino saliendo a su encuentro la dependienta de la tienda en que había estado, lo agarró del brazo y le dijo en voz baja: —tío Paco, te están esperando en mi casa, en la tienda. Mi papá está hablando con ellos. Si sigues aquí te van a encontrar.— Dicho esto la muchacha tomó otro rumbo y despareció. Él siguió caminando, llegó hasta la iglesia, entró, no había nadie a la vista, subió al antiguo púlpito, se enrolló y se durmió. Al despertar tenía una cobija encima, buscó alrededor para ver si descubría al que se la puso, no encontró a nadie, recorrió el vacío edificio, encontró la puerta trasera, al lado en un perchero un jorongo y un sombrero de paja, se los puso, salió y caminó, caminó, caminó hasta después del mediodía. Evitaba los caminos principales y en una vereda topó con un desvencijado camioncito cuyo chofer accedió a llevarlo.

Él iba a Puebla, el caminante contó que también iba ahí. A medio camino paró el chofer para cargar combustible y el viajero insistió en pagar —¿No te da miedo andar sólo por caminos poco transitados?— Se atrevió a preguntar el dueño del camión.

—Más miedo me dio que el papá y los hermanos de mi novia me quisieran obligar a casarme o me mataran ¿Me comprendes?

Ambos rieron y platicaron amenamente hasta que Danilo (así se llamaba el chofer), le dijo: —hasta aquí llego, que tengas suerte.

Se deshizo del jorongo y del sombrero, compró una chamarra y una gorra, llamó a uno de sus socios y al día siguiente lo recogieron y llevaron a la Ciudad de México. Tuvo tiempo suficiente para reflexionar. Al dar su verdadero nombre y lugar de nacimiento se puso la soga al cuello poniendo tambien en peligro a su familia, que no sabía nada y no podía proporcionar datos que los condujeran a él.

No podía repetirse el error. No sabía por qué pero sentía que era un error dejar vivas a la hija de la chamana y a Patricia, a quien verdaderamente amaba pero como era una boquifloja podía delatarlo aún sin querer. Tenía que ponerle remedio a lo mal hecho, averiguar dónde estaba la Beba, ir a buscar a su esposa y de paso eliminar a la chamana.

Sus contactos las ubicaron. Consideró que el menor riesgo era Patricia Deras, refugiada con su madre y de momento enclaustrada, decidiendo no correr el riesgo porque al verla podía arrepentirse y porque se pondría en riesgo de ser atrapado debido a que con toda seguridad esperaban su visita.

La Beba, por lo que averiguaron no visitaba a su madre, la chamana, pero vivía con la suegra de su hermana en la Ciudad de México. La casa estaba custodiada más no lo estaba la de Almoloya donde no sería difícil sorprender a la muchacha, aunque de paso hubiera que darle "pasaporte al infierno" a algunos cristianos más. Al mismo tiempo debía deshacerse de la bruja mediante alguno de sus secuaces.

En lo más íntimo de su ser estaba gozando la muerte de Valentina, esposa del que se atrevió a faltarle al respeto a su mujer, al que hizo pagar la ofensa con la vida, que era asimismo padre de René, el desgraciado que abandonó a su amada hija Patricia y fue causante de sus trastornos mentales. Mataría varios pájaros de un sólo tiro. Preparó todo cuidadosamente. Debían realizarse los trabajos al mismo tiempo. Acordó con sus secuaces día y hora, mejor dicho noche y hora porque concluyeron que el mejor momento para que no hubiera problemas serían las doce de la noche, el domingo de la siguiente semana, que estarían las víctimas de Almoloya en el pueblo.

Se mantendría oculto hasta entonces y después se iría a vivir a Centroamérica. Tuvo en ese tiempo tres reuniones más con sus hombres para afinar detalles llegando a la conclusión de que lo de la Beba tendrían que hacerlo tres personas, él incluido, para que fuera rápido y sin problemas, y con armas blancas preferentemente, para no hacer ruido.

Lo del convento requería sólo a un hombre muy hábil y lo de doña Magdalena dos pistoleros.

La noche acordada, sumados los que murieron en los tres lugares, fueron cinco: tres en Almoloya, uno en el convento y uno en el santuario de la chamana. El otro atacante huyó.

Uno de los muertos en Almoloya recibió disparos de dos armas distintas.

La persona que murió en el convento recibió un solo tiro, fuera del claustro.

De la casa de la chamana, el cadáver que tenía numerosas heridas de arma blanca, apareció en una oscura calle de una colonia alejada.

Doña Magda había advertido a todos con tiempo lo que planeaba el demonio que mató a su Marlene.

Valentina y doña Julia le dispararon a Escandón, sabiendo que fue el que mató al coronel Zúñiga y a sus hijos .

La chamana riendo dijo a su comunidad que "al ratoncito" que huyó lo dejaron ir para poderse divertir con él.

Algún tiempo después en el convento profesó una novicia que, según dijo, deseaba dedicarse a la vida contemplativa.

Capítulo XVII
La herencia de Eduardo Escandón

Las secciones de policía de las entidades en que ocurrieron los hechos los reportaron como casos aislados. El más sonado fue el de los hombres muertos en Almoloya que se introdujeron a robar en casa de una conocida y respetada familia, no habiendo sido identificado más que uno de los delincuentes, Eduardo Escandón, relacionado con homicidios cometidos en la Ciudad de México y en Xochimilco.

En casa de la chamana no hubo cuerpo porque lo sacaron y tiraron lejos, al hallarlo fue identificado como un peligroso ladrón y asesino buscado desde hacía mucho por la policía.

El delincuente al que mataron en Veracruz en las cercanías de un convento, tenía también un largo historial.

Esas noticias se olvidaron a los pocos días.

Pasados unos meses fue notificada la novicia Patricia de que era citada en la Ciudad de México para comparecer en relación con la herencia de su esposo. Acudió acompañada por dos monjas encontrándose en la oficina notarial con Jesús Zúñiga, uno de los gringos que la visitaron en su casa de Coyoacán con el pretexto de que deseaban adquirir una vivienda en esa zona y fueron los que causaron las muertes de los hermanos de Jesús y de la familia Ocotla. Sintió un gran dolor, se desmayó, enterándose al volver en sí de que su antiguo conocido iba como apoderado de la señora Douglas, que también había sido citada para la lectura del testamento. Al casar Eduardo Escandón con Patricia Deras lo hizo bajo el régimen de separación de bienes y en su testamento dejaba a su esposa numerosos inmuebles y el contenido de dos cajas de seguridad. A su hija le dejó otros inmuebles, incluida la casa de Coyoacán, el contenido de una caja de seguridad, acciones de compañías de las que la señora Douglas nunca había oído hablar y cuentas bancarias con mucho dinero, tanto en México, como en los Estados Unidos.

La albacea sería su esposa, en razón de que la hija vivía en los Estados Unidos.

La religiosa declaró de inmediato que ella no quería nada, pero sus compañeras la convencieron de que debía meditar su decisión sometiéndola a la consideración de la Madre Superiora.

El apoderado de la otra heredera dijo que él también tenía que recibir instrucciones de su poderdante, siendo citados a su solicitud para un mes después.

La Madre Superiora, enterada del motivo de la cita pidió a la novicia que antes de tomar una decisión se dedicara un tiempo a la oración, lo que también harían las hermanas de la orden. Después de diez días dedicadas a la oración se reunieron las religiosas de su comunidad y la invitaron a expresar sus sentimiento acerca del tema de la herencia. La novicia dijo que había renunciado al mundo y quería dedicarse a la vida contemplativa, razón por la que rechazó la herencia de su esposo. La Superiora preguntó a las religiosas que acompañaron a Patricia si era cierto el rechazo, aclarando éstas que creían que no fue aceptado el rechazo porque habiendo pedido ellas tiempo para que se consultara con la comunidad y a petición también del apoderado de la hija y heredera la audiencia se difirió para celebrarse pasado un mes.

La Madre Superiora preguntó nuevamente a Patricia si quería renunciar a su herencia, indicándole a la religiosa la tibia respuesta que no estaba segura —¿Te parece hermana que oremos una semana más pidiéndole al Espíritu Santo que te ilumine?

—Si,— respondió la aludida con la vista baja.

—Que así sea.

La señora Douglas recibió el informe acompañada por su marido y sus suegros. Su primera respuesta fue que no quería nada de su padre.

—¿Tanto lo odias?— Preguntó la suegra, —pensé que era a tu mamá a la que rechazabas.

No, no lo odio,— respondió Patricia. —En realidad yo quería mucho a mi papá. A la que no soportaba era a mi mamá y si aceptar la herencia significa tener algo que ver con ella, definitivamente no la acepto.

Jesús Zúñiga intervino para decirle que don Eduardo Escandón separó por completo sus bienes y no heredarían la señora Douglas y su madre nada en común. En cuanto a verla, si ella nombraba a un apoderado para que lleve los trámites hasta la adjudicación, no tendría por qué encontrarse con su madre. Jesús le entregó la lista de bienes que su padre había dejado para ella, la leyó con su esposo y sus suegros, todos realmente ricos y que por tanto no tenían ninguna ambición, y concluyeron que debía aceptar la parte de la herencia que le correspondía.

—Si la casa de mis padres está en la lista, no la quiero.

—¿A qué casa se refiere?— Indagó Jesús.

—A la de la colonia Irrigación,— contestó Patricia.

—Por lo que sabemos, afirmó Zúñiga, esa casa fue vendida hace muchos años. La casa que le dejó en herencia su padre está en la colonia Coyoacán.

—¿Estás seguro Jesús?

—Si. Yo he estado en ella y es una casa amplia y bella.

—Pero mi madre vive en ella ¿cierto?

—No. La casa está cerrada. La señora Escandón vive en un convento en el Estado de Veracruz.

Arthur le tomó la mano y ella preguntó qué pasaría si aceptaba la herencia. Había muchos inmuebles que requerirían de un administrador. —Nuestros negocios en México y en toda Latinoamérica los administran Jesús y Johana. Tal vez ellos pudieran hacerse cargo.

—¿Lo harían?— Preguntó la heredera y la respuesta fue concisa: —sí.

—¿Y los demás bienes?

—Hay cuentas bancarias en México y aquí en Estados Unidos. Todas tienen beneficiario, por lo que no habrá problema. Creo que tampoco lo habrá para abrir la caja de seguridad que le dejó. Sólo en caso de que el banco exigiera su presencia tendría que ir.

—Si te parece amor,— intervino Arthur, —hablaremos con el cónsul mexicano para que nos dé una cita para otorgar un poder con toda la amplitud que pudiera requerirse.

—De acuerdo.

Paty preguntó el suegro: —ahora que sabes que no te encontrarás con tus padres ¿No te gustaría que fuéramos a México a ver lo que heredaste, pero más que todo, a abrir la caja de seguridad?

—No estoy segura.

—Piénsalo,— dijo Arthur. —Tal vez a nuestros hijos les agradaría ir.

Después de otra semana de oración y de reflexión, nuevamente la novicia se reunió con la comunidad e interrogada por la Madre Superiora dijo que lo había meditado mucho y deseaba que los bienes que se habían adquirido con deshonestidad pudieran servir para buenas causas, por lo que aceptaría su herencia.

—¿Quieres, que te acompañen las hermanas que estuvieron contigo la vez pasada?

—Si Madre, lo agradecería, pero no sé dónde podamos alojarnos. La vez pasada no tuvimos que pernoctar en la Ciudad de México, pero esta vez los trámites pueden llevarnos varios días.

—Eso no sería problema. Podemos hablar con algún convento de nuestra orden para pedirles que las reciban por el tiempo necesario.

El día de la nueva cita con el notario llegó y ambas partes aceptaron la herencia que les correspondía y la viuda el cargo de albacea. Jesús Zúñiga hizo saber que él administraría los bienes de la hija del testador. El notario le presentó a un contador que le había pedido Don Eduardo que pusiera en contacto con su hija, porque hasta ese momento era quien administraba los inmuebles que a ella había legado. Brindó un privado al señor Zúñiga y al contador Pérez para que platicaran y a la viuda le presentó al contador Palafox, que dijo era el administrador que siempre se había hecho cargo de los inmuebles que a ella legó y el autor de la herencia pidió se lo presentaran. También les dio un espacio para que pudieran tratar sobre el manejo de los bienes.

Las pláticas llevaron más de una hora y cada parte acordó con quien administraba lo que a ella pertenecía, que visitarían a los profesionales en sus oficinas al día siguiente.

El contador Palafox antes de retirarse dijo a la viuda que si podía servirle para algo estaban desocupados dos departamentos en uno de los edificios que heredó, ubicado en la colonia Polanco. Estaban completamente amueblados, porque así se rentaban y si lo deseaba podía tomar posesión de uno de inmediato —¿No habría problema?— Preguntó la religiosa. —No porque usted es la heredera de todo el edificio y porque usted es la albacea.

Las llevó al lujoso inmueble que en verdad estaba listo para ser ocupado y como les gustó a las madrecitas, les entregó las llaves enterándolas de que el departamento tenía estacionamiento para dos automóviles.

—Sólo que no tenemos automóvil—, dijo riendo la viuda.

—Perdón, si tiene, aclaró el contador Palafox. El Mercedes Benz que usted manejaba y el que Don Eduardo usaba son parte también de su herencia, lo mismo que la camioneta para ocho pasajeros que su esposo utilizaba para atender a algunos clientes. Haré que se los traigan y si lo desea le mandaré un chofer.

—Gracias, yo le aviso.

—Doña Patricia quisiera seguir trabajando para usted, pero don Eduardo me pagaba muy poco, he contraído deudas, debo rentas, necesito que me aumente el sueldo.

—¿Cuánto gana?

—Diez mil pesos mensuales.

—¿Cuánto desea ganar?

El miedo cerraba su garganta pero logró decir en voz casi inaudible: —el cinco por ciento del importe de las rentas.

—Bien, ocupe usted con su familia el otro departamento y desde hoy su sueldo es el cinco por ciento de las rentas que cobre para mí.

Habían dado ya las seis de la tarde y tenían hambre, por lo que decidieron bajar y entrar al primer restaurante que encontraran. Se veían curiosas en la mesa tres mujeres con hábitos comiendo en el lujoso restaurante.

Ya no bajaron a cenar. Su siguiente comida fue el desayuno en una cafetería de la zona al día siguiente. Patricia Deras quiso comprobar que las chequeras que le dio el contador Palafox estaban activas. Fueron al banco correspondiente, el gerente al principio no reconoció a la cliente pero una vez que hablaron la reconoció, hizo efectivo el cheque, le recordó que ella era segunda firma y beneficiaria en varias cuentas y habiendo fallecido el titular de la cuenta en lugar de ser segunda firma autorizada podían hacer el trámite para transmitirle la titularidad y expedir nueva tarjeta de crédito con cargo a sus cuentas.

Ya contando con efectivo fueron a una de las tiendas que frecuentaba la señora Deras, las dependientas se alegraron mucho al verla pero les pareció raro que vistiera hábito. Se esmeraron en atenderla y una hora después salió con las ropas "más indispensables", lo mismo que sus compañeras a las que animó para que compraran vestidos sumamente recatados, por si no querían seguirse moviendo con las ropas religiosas. Aceptaron, pero no se cambiaron los hábitos.

Regresaron al departamento notaron que en la contestadora telefónica había mensajes del contador Palafox, la viuda se comunicó con él, acordaron que al día siguiente pasaría por ella para que ella conociera las propiedades de que sería dueña. Después de hablar con el administrador bajaron a la cochera arrancó su automóvil y salieron a pasear sin rumbo fijo. Cuando se dio cuenta la viuda de Escandón ya estaba frente a su casa de Coyoacán notando que había un elemento de seguridad. Estacionó su automóvil, dijo que era la dueña y deseaba entrar a su propiedad, el guardia le dijo que tenía instrucciones del apoderado de la verdadera dueña de que no dejara entrar a nadie y que si alguien lo intentaba llamara a la policía. Sumamente enojada se retiró. Las religiosas le hicieron ver que según el testamento que se les había leído, la heredera de ese inmueble era su hija. La novicia cambió de inmediato el tema, lo que ocasionó sorpresa a sus compañeras, pero no dijeron nada.

Para quitarse el enojo estuvo manejando aparentemente sin rumbo pero no era así; llegaron a la zona de la Marquesa, comieron carnitas en un pequeño restaurante al borde de la carretera, con toda calma regresaron a la ciudad parando en un supermercado en el que compraron leche, jugos, carnes frías, quesos, refrescos que estaban prohibidos en el convento, panes y un bote de helado de vainilla.

Llenaron el refrigerador, comieron helado y la hermana Sebastiana llamó al convento para informar lo que habían hecho hasta entonces. La Superiora pidió hablar con Patricia. De inmediato comprendió que algo había cambiado. Le preguntó cuánto tiempo más llevarían sus trámites. Le contestó que podrían ser dos meses o tal vez más —¿Estás bien hijita? ¿Estás tranquila?— Respondió que sí. —Qué bueno,— dijo la madre y pidió que le pasara nuevamente el teléfono a la hermana Sebastiana. Al concluir la llamada le comunicó la religiosa que la hermana Honoria y ella tenían que volver al convento.

—¿Por qué?— Inquirió nerviosa. —No lo sé pero nosotras hicimos votos de obediencia y sin preguntar hacemos lo que se nos ordena.

—Les necesito. No se vayan.

—Habla con la Madre Superiora y pídeselo.

Lo hizo y notó que la Superiora no la trataba como antes, pero la convenció de que permitiera que las hermanas se quedaran dos semanas.

La madre Sebastiana con toda humildad sugirió a Patricia Deras que destinara algún dinero para su congregación. —Piensa hermana que mensualmente recibirás tanto dinero que nunca podrás gastarlo y eso únicamente en rentas, porque no hemos visto todavía tus inversiones ni sabemos cuánto hay en tus cuentas. La madre Honoria sabe cuál es nuestra situación económica y las necesidades de las obras de la comunidad, desde hospitales, casas para niños abandonados, casas de descanso para abuelos, hasta los hogares para mujeres maltratadas. Dios te ha dado una oportunidad que no deberías desaprovechar.

La madre Honoria asintió, respaldó las palabras de su compañera y la viuda ordenó al contador que dispusiera del diez por ciento de sus rentas para que mensualmente se hiciera llegar a la congregación por conducto de la Madre Superiora.

—Por cierto señor Palafox ¿Cuándo ocuparán el departamento?

Sonriendo tímidamente contestó que desde la noche anterior lo hicieron. Que sus hijos estaban encantados pero su madre estaba asustada porque le preguntó qué estaba haciendo, en qué momento se había vuelto un delincuente; que ella le había inculcado buenos principios y no podía aceptar nada proveniente de la comisión de delitos. —Por más que he intentado explicarle que usted me ha aumentado el sueldo y que el automóvil me lo asignó, ella cree que le estoy robando. Ojalá pudiera usted hablar con ella para que esté tranquila.

Y lo hizo. Las tres religiosas bajaron con el contador, conocieron a sus hijos, muchachos buenos, amables, felices y agradecidos, y a la mamá del señor Palafox dama con todo el aspecto de persona mayor, desconfiada, de muy firmes principios, que a pesar de oír de la dueña que ella le dio el departamento y el coche a su hijo, no podía creerlo, atreviéndose a preguntarle a la patrona por qué le quería pagar tanto a su Henry, qué quería que hiciera para ella y en qué lío lo quería meter. De no ser porque la actitud le dio risa, lo mismo que a sus compañeras, se habría sentido ofendida. La madre Honoria quiso tomarla de la mano y la abuela rápidamente la retiró disgustada.

Los nietos se acercaron a su abuela, la abrazaron sentándose a sus lados en el sofá de la sala, las mujeres se sentaron en los sillones de enfrente y Patricia fue la que habló: —Doña Rita ¿Ése es su nombre, verdad? Escúcheme. Mi esposo, don Eduardo Escandón era el jefe de don Henry, su hijo. Confiaba mucho en él, era muy exigente, jamás tuvo una queja en su contra porque su hijo es un hombre honrado. Yo heredé parte de los bienes de mi esposo y el notario que lleva la sucesión me dijo que el señor Palafox podía asesorarme en la administración de los inmuebles que había heredado. Visitamos mis hermanas y yo casi todas la propiedades, que son muchas, casas, edificios de departamentos, edificios de oficinas, comerciales, plazas, bodegas, etcétera y el recorrido lo hicimos no en mi automóvil, sino en el de su hijo, que reconocerá usted que no es muy nuevo, ni muy cómodo (la mamá se revolvió en el sofá).

Patricia continuó: —su hijo me pidió que reconsiderara su sueldo porque era muy poco lo que se le pagaba y la verdad, si él va a seguir administrando y yo heredé bienes cuantiosos, me pareció bien, por mi tranquilidad, seguir contando con una persona honrada para cobrar mis rentas, y por la comodidad de las hermanas y mía, darle un automóvil más cómodo y seguro que casualmente yo tenía a mi disposición, porque era el de mi esposo y yo no voy a manejarlo, porque tengo el mío. Sonriendo concluyó: —pero si ustedes quieren pueden volver a su departamento, le pago a su hijo lo que le pagaba mi esposo y le quito el auto que le di. Usted decide doña Rita ¿Qué hago?

Los nietos le dijeron —¡Abuela, por favor, acepta! Y la abrazaron.— La mujer mayor lagrimando pidió perdón, explicando que en su mundo esas cosas no ocurrían, que lo que estaba sucediendo era un milagro.

—Si,— reiteró la madre Sebastiana. —Los milagros existen.

Pasados los quince días de gracia las tres religiosas regresaron al convento con la buena nueva de que la congregación dispondría de alrededor de doscientos mil pesos mensuales para sus obras. Ni la madre superiora ni las demás hermanas podían creer lo que estaba ocurriendo y menos aún que el convento era dueño de una camioneta de ocho plazas que trajeron y estaba en el estacionamiento.

Todas las madres querían "dar una vueltecita" en el vehículo, lo que no iba muy de acuerdo con las reglas, pero fue permitido por la rectora porque ese era un día de fiesta.

Cuando rindieron informe de lo que habían hecho contaron pormenorizadamente todo, incluyendo la compra de ropa, pinturas, bolsos, las salidas a comer, el recorrido por las propiedades, describieron el departamento, hablaron sobre el apuesto contador Palafox, sus hijos y su madre, escuchando en silencio la Superiora. Cuando terminaron su relato inocentemente peguntó: —¿Y ustedes usaron los vestidos?

—No madre, solo Patricia salió sin hábito.

—¿Y qué tal es la familia Palafox?

—Todos son bien educados, amables, sinceros y sometidos a la abuela porque ella es la que manda en esa familia.

—¿Conocieron a la esposa del contador?

—No, no la vimos en ningún momento. Sabemos que cuando lo abandonó le dejó a los dos hijos más grandes, llevándose al pequeño, pero estando nosotras en la Ciudad de México la mujer llevó al hijo menor al departamento antiguo de la familia y se lo dejó al papá a pesar de los ruegos del niño de que no lo abandonara, porque según la señora le estorba en su nueva relación. Cuando lo llevó su papá al departamento nuevo cesaron los llantos porque los tres hermanos se quieren mucho y a la abuela también.

—¿Y cómo se llevan con la hermana Patricia?

—Por lo que vimos la quieren. La abuela depuso su actitud beligerante cuando se dio cuenta de que nosotras sólo queríamos el bien de la familia, sin intenciones ocultas. Es una mujer muy religiosa, muy recta.

—La Madre Superiora no volvió a tocar el tema.

Todo contacto con el señor Palafox y con el notario se daba ahora por medio de la Superiora. Ella enteraba a la novicia en cuanto a la sucesión.

La madre de Patricia murió, todas las religiosas, excepto la Abadesa la acompañaron al funeral. Cuando regresaron a los dos días la rectora le hizo saber a Patricia que había otras muertes. La de la esposa del señor Palafox que con su acompañante murió en un choque en carretera y todo el servicio de su antigua casa de Coyoacán.

Muerta de miedo preguntó —¿Les pasó algo a mi hija o a mis nietos?

—No,— respondió la madre. —No estaban en la casa cuando ocurrieron los asesinatos.

—¡Bendito sea Dios!

—Bendito sea.

—¿Y qué pasó?

La Superiora le contó todo lo que sabía, incluyendo lo de la mujer extraña y su acompañante.

—¿Los identificaron?

—Si. Ella era una especie de bruja conocida como la chamana de la Roma.

Capítulo XVIII
Coyoacán

Después de la lectura del testamento Jesús y Johana se había encargado con esmero de que la casa de los padres de Patricia luciera toda su belleza y los jardines su máximo esplendor. La señora Douglas no la conocía porque sus padres la adquirieron cuando ella ya vivía en los Estados Unidos. Era una casa antigua como todas las de esa calle, tenía muchas habitaciones muy amplias, cocina tradicional, pero equipada además con los más modernos equipos, cochera para diez automóviles y al centro de la casona, entre las arquerías de las terrazas interiores, un espléndido patio andaluz que maravilló a toda la familia. Como los muchachos Douglas quisieron pasar el Halloween en los Estados Unidos la familia había llegado el día primero de noviembre en la mañana.

Ya instalados salieron a conocer la zona porque Jesús les habló de los festejos que se hacen en Coyoacán por el día de muertos, en los que se unen las tradiciones de los pueblos nativos de México con las de la iglesia católica, resultando un evento único por su colorido, la forma de los altares, las ofrendas a los muertos, decoración de tumbas en los panteones, música, comida y bebidas que les gustaban a los difuntos, dulces típicos, calaveritas de azúcar y todo enmarcado entre flores de cempasúchil de color naranja y papel picado multicolor.

Visitaron el Jardín Hidalgo, les gustó el kiosco, luego fueron al Jardín Centenario, a la casa llamada de Hernán Cortés, compraron dulces típicos, calaveras de azúcar (en contra de la opinión de Patricia llenos de alegría comieron en la calle), compraron panes de muertos para la cena que se sirvió en la gran cocina de la casa, atendida, para satisfacción de la señora Patricia Escandón, por personal que trabajó para sus padres. De hecho, le dijeron los sirvientes que nunca habían trabajado para otra familia. —A nosotros nos pasaron de la casa de la colonia Irrigación a ésta y sólo suspendimos labores el tiempo que la casa estuvo clausurada, pero don Jesús y doña Johana nos devolvieron el trabajo cuando se los pedimos.

—¡Qué lástima que no hubieran comido aquí!— Se lamentó la cocinera, —porque le preparamos su mole con pasta almendrada como a usted le gusta.

—¡Qué lástima ni qué lástima! ¡Me lo echo!— Dijo riendo la nueva señora de la casa y cenó mole, imitada en menores cantidades por todos los demás, excepto por Jesús que fue declarado campeón oficial por su glotonería. Como quien no quiere la cosa los empleados de la casa pusieron a la vista, muy a mano, botellas de diferentes tequilas, mezcales y whisky. Jesús se echó un mezcal. Los demás, incluyendo las señoras lo imitaron dejando todos de sentir el frío de la noche coyoacana.

Los administradores durmieron también en esa casa, desayunaron con la familia antojitos mexicanos y huevo con tocino, hot cakes, chocolate, café, leche y frutas de temporada. Después pasaron al amplio despacho de don Eduardo Escandón donde comenzó a rendir Jesús el informe pormenorizado de la herencia.

Como era dos de noviembre, no había labores en los bancos, por lo que decidieron que al siguiente día verían lo de la caja de seguridad y las cuentas de inversión de don Eduardo. Así es que salieron, llegaron al zócalo después del mediodía, había una muestra de altares de distintos estados de la república mexicana, sin ninguna prisa curiosearon en todos ellos, compraron objetos de artesanías que les gustaron, ya tarde comieron en uno de los restaurantes famosos del centro de la ciudad, siguieron caminando hasta el Palacio de las Bellas Artes, pasearon por el parque de la Alameda Central, decidieron cenar en la casa, los recogió el chofer, cenaron frugalmente retirándose todos temprano a dormir.

Cuando se sentaron a la mesa del desayuno todos estaban enfermos, asustados, tenían ganas de vomitar. Los muchachos Douglas y su madre tenían cosas en las manos. —¿Qué es esto?— Preguntó Arthur, —sus hijos le entregaron sobres con documentos en los que había certificados de cuantiosas inversiones de las que los muchachos eran beneficiarios.

—¿De dónde sacaron esto?— Los hermanos se miraron uno al otro y contaron que cada uno había soñado lo mismo. Aparecieron en un pueblo, vieron en una calle a un grupo de muchachitos que jugaban con una pelota y a otro de la misma edad al que llamaban "mole" sentado triste en los escalones de piedra de una casona viendo el juego. Ese mismo personaje, "el mole" apareció ya más grande en una gran ciudad. Vestía con elegancia, estaba acompañado por una señora que supusieron era su esposa y una niña que debía ser su hija. El mismo hombre apareció en la misma ciudad, rodeado de gente ensangrentada a la que empujaba con cara de enojo e inmediatamente después lo vieron, cada uno por su lado, esconder algo en una oficina que reconocieron como la del abuelo en esa casa.

Sin ponerse de acuerdo llegaron al sitio, cada uno supo cómo abrir el escondite que vio en sueños, encontró un sobre con su nombre y una bolsita (las pusieron sobre la mesa), el papá las abrió, dejó caer el contenido saliendo de cada una pequeños fragmentos de oro.

Los ojos de todos estaban sobre los hermanos. Si, dijeron, dormimos en habitaciones separadas pero ambos tuvimos el mismo sueño y cada uno sabía dónde estaban los sobres.

Voltearon a ver a Patricia que carraspeó. Estaba más pálida que un cadáver. —Yo tuve el mismo sueño,— dijo. —La niña que vieron era yo, con mis papás. Reconocí a algunos de los muertos que lo rodeaban y mi padre me mostró en qué lugar del closet de su recámara estaba esto: asentó sobre la mesa una caja de madera de dimensiones un poco mayores a las de zapatos. La vació, de ella cayeron alhajas, monedas de oro, guijarros de oro, cadenas, el título de propiedad de unas tierras y una concesión minera en el Estado de Oaxaca.

Ya no sólo los muchachos, todos tenían revuelto el estómago y temblaban de miedo. Patricia quiso leer una hoja que tenía en la mano, pero no podía hablar. Se la pasó a Jesús que leyó:

—"Hija: si estás leyendo esto es porque estoy muerto. Te pido perdón por no haber sido el padre que seguramente hubieras querido, pero mis circunstancias me hicieron como soy. Sabes que siempre has sido mi adoración y por el gran amor que te tengo permití que hubiera distancia entre nosotros porque también amo a la deschavetada de tu madre que te quiere pero desde que naciste está celosa de ti. No es mala, simplemente es como una niña caprichosa y malcriada que abre la boca antes de poner a funcionar el cerebro. Lo más probable es que en este momento ella también esté muerta y por eso te dejo algunas de las alhajas que fui guardando, diferentes y más valiosas que las que ella mantenía escondidas junto con su "reserva": una cantidad en efectivo que pensaba le iba a servir en algún momento. Paty, en una de las cajas de seguridad de mi banco reuní documentos que te narrarán mi historia. Quiero que los leas tú sola para que sepas quién soy y por qué. Después de hacerlo quémalos. No te pongas en contacto con ninguna de las personas de que hablo en las hojas en que narro mi historia. Tú tienes una nueva identidad y una familia que te adora. Los Douglas son gente buena, decente, tu marido es esposo y padre de primera y tus hijos, mis amados nietos a los que apenas conozco, son dos campeones. Ten la seguridad de que siempre estaré junto a ustedes, pero no tengas miedo porque los amo. Tu padre".

A duras penas terminó Jesús de leer, porque todos, incluyéndolo, estaban llorando.

La prenda que estaba arriba era la pulsera que entre otras ella robó a su mamá, y apareció en una casa de empeño manejada por don Eduardo causando la muerte de un abogado y a su papá la pérdida de un diente.

Siguió mostrando joyas que le pasaba a su esposo y éste hacía circular entre los demás. Eran muchas, no tenían estuches; para los muchachos la caja era el cofre de un pirata, así lo declararon y había sido la impresión de todos.

Lo último que vio fue una cadena de oro con una medalla de la Inmaculada Concepción en cuyo reverso estaba grabado el nombre "Francisco".

Cuando fue al banco le dieron acceso a la caja de seguridad que pidió. Estaba llena de documentos y contenía las llaves de tres cajas más, dos muy pesadas y la última liviana. En la salita que les proporcionó el banco para que abrieras las cajas estaban además Arthur, Jesús y Johana que revisaban las primeras cajas de seguridad. De la última se encargó ella.

Los primeros papeles que encontró, entre ellos un certificado de nacimiento, uno de enseñanza primara y otro de secundaria eran de un desconocido, Francisco Sachiñas Bere, después un pasaporte de un Eduardo Escandón, que no era su padre, era un español y finalmente un legajo de hojas escritas a mano en las que su papá contaba su historia. Sólo dejaba de leer para enjugarse las lágrimas y secarse la nariz. Se enteró de todo, incluso de que Francisco no era hijo del esposo de su madre, sino de un ingeniero que frecuentaba la casa de citas en que ella trabajaba y de que con el producto de su trabajo ella había comprado una medalla de la virgen de la Concepción para regalarle a él al cumplir los doce años, la que sólo se quitó del cuello al cambiar de identidad refiriendo cómo ocurrió y cada detalle de su vida.

Hablaba de cosas, personas y acontecimientos que ella no conocía ni le importaban, razón por la que apenas se fijó en ellas. Se enteró de que tenía parientes en Oaxaca, lo que tampoco le importó.

Al terminar de leer llamó al gerente, le preguntó si tenía alguna máquina para destruir documentos, se la trajeron, hizo tiras las hojas, esperó a que los demás terminaran de leer y catalogar el contenido de las cajas, instruyó para que se conservaran a su nombre y autorizó a Arthur, Johana y a Jesús para que independientemente uno del otro las pudieran abrir.

Regresaron a la casa. Después del almuerzo preguntó al personal del servicio si conocían alguna iglesia de la Purísima Concepción, dijeron que sí, que de hecho ahí en Coyoacán estaba la iglesia conocida como La Conchita, que según la tradición mandó construir Hernán Cortés. —Le dicen la Conchita porque a las personas llamadas Concepción así les llamamos en México ¿Quieres ir, niña? Le preguntaron. —Te podemos acompañar.

Además de dos de las muchachas del servicio, las más antiguas, la acompañaron su esposo, sus suegros, sus hijos, Johana y Jesús. Mientras los demás admiraban la iglesia por dentro y por fuera ella se hincó a orar. Adentro estaban únicamente ella, sus acompañantes y un hombre joven que entró después. Pasado un rato ella se levantó, buscó alcancías para ofrendas, depositó la cadena con la medalla en una de ellas, trató de abrir alguna de las alcancías, lo notó una mujer de mediana edad que por lo visto trabajaba en la parroquia, le preguntó por qué quería abrir las alcancías, respondió que deseaba dejar un "donativo" —¿Su limosna no cabe por las ranuras?— Preguntó con chocantería. —No—, respondió Patricia. —Quiero hablar con el padre.

—Está muy ocupado y no le podrá atender,— respondió con altanería. En eso apareció un sacerdote de unos sesenta años que preguntó qué pasaba, respondiendo la mujer que “esa señora” estaba abriendo las alcancías de las limosnas. Patricia cerró los ojos, aspiró profundo, negó con la cabeza y sin mirar a la mujer le dijo al padre que deseaba hacer un donativo pero no había donde dejarlo porque las alcancías sólo tenían ranuras y las tapas estaban aseguradas con candados. —¡Hija!— Respondió también sonriendo el sacerdote, —aquí, si no ponemos candados las limosnas desaparecen. Pero pasen a la sacristía.

Se acomodaron, preguntó el padre si podía servirlas en algo, la señora explicó que había heredado recientemente la casa de sus padres ahí en Coyoacán, quiso conocer La Conchita y dejar un donativo. —Muchas gracias hijita.— El cura recibió un grueso sobre, sin abrirlo preguntó quiénes eran sus papás, reconoció de inmediato el nombre de Eduardo Escandón declarando que Don Eduardo visitaba regularmente esa iglesia, que no asistía a los servicios ni recibía los sagrados sacramentos pero estaba pendiente de las necesidades de la parroquia… y de las mías. Se levantó, abrió una puerta que daba a la cochera y mostró un automóvil compacto, de color rojo y de conocida marca. —Este vehículo es obsequio de don Eduardo.

En eso estaban cuando los demás acompañantes entraron a la sacristía, Patricia los presentó, conversaron brevemente y cuando salieron los visitantes el padre abrió el sobre: boquiabierto contaba el dinero ante su no menos asombrada colaboradora: eran cien mil dólares.

Al llegar a su casa el mozo les dijo que tenían muchas llamadas de una tal doña Magda. Como nadie la conocía no le dieron la menor importancia. Estuvieron poco tiempo ahí y salieron a cenar prolongándose la cena hasta las once de la noche. Al regresar a la casa el portón estaba abierto. Nadie salió a recibirlos. Por la hora no les resultó extraño que no salieran, pero sí que dejaran el portón abierto. Entraron a la cocina, prendieron las luces y encontraron en el suelo entre charcos de sangre los cuerpos de todos los empleados y dos más de personas desconocidas. El impacto fue brutal, las señoras Douglas entraron en shock, Jesús llamó a la policía la cual no tardando en llegar porque precisamente, dijeron, estaban en la colonia debido a que en la iglesia de La Conchita habían asesinado al párroco y a una empleada. Patricia volvió a entrar en crisis, todos sus familiares trataban de calmarla, sin lograrlo.

En eso estaban cuando varias personas llegaron buscando a doña Magda, a la que nadie de la casa conocía, pero los que la buscaban fueron invitados por el comandante de la policía a entrar. No toquen nada, les dijeron, a ver si alguno de ustedes conoce a la mujer no identificada.

Los seguidores comenzaron a gritar ¡Doña Magda! ¡Ay, no, doña Magda! explicando que doña Magna, la chamana de la Roma fue con Miguel, uno de sus ayudantes a avisarles a los de la casa que estaban en peligro de muerte. Explicaron que "el ratoncito" que se les escapó cuando fueron las personas que mandó Eduardo Escandón para matar a la mujer sabia, estaba furioso porque según él, Don Lalo no le pagó el trabajo, y él se lo cobraría a sus herederos a como diera lugar. A los de Almoloya no podía intentar cobrárselas debido a que estaban alertas y preparados con gente armada para ultimar a cualquiera que entrara a los terrenos de la finca. Por sus relaciones con don Lalo conocía el asesino al contador Palafox, cultivó su amistad esperando el momento en que pudiera serle útil, por él se enteró de que se había abierto el testamento y de que las herederas eran la mujer, ahora monja y la hija casada con el gringo, a la que le dejó el autor de la herencia de la casa de Coyoacán.

La policía concluyó que se había dedicado a vigilar la casa, vio llegar a los Douglas con sus invitados, los siguió en todos sus recorridos, entró a la iglesia detrás de ellos, aparentó hincarse a orar, entró a la sacristía al salir la señora Patricia, encontró al padre muy contento festejando con la mujer que lo ayudaba a contar el cuantioso donativo que había recibido, apuñaló al padre y luego a la empleada, metió el sobre del dinero dentro de su chamarra, se alejó del lugar y pasadas unas horas fue a la casona de Coyoacán pensando que la familia estaría ahí.

Por lo visto entró brincando una barda, sorprendió a los empleados ordenándoles con pistola en mano que le enseñaran la caja fuerte, como no era muy grande hizo que entre todos la cargaran y la subieran a la parte de atrás de una camioneta de los Escandón. Luego habría llevado al personal a la cocina, les disparó, entró a las habitaciones, se llevó las cosas de valor que encontró, entre ellas la caja con alhajas, las subió a la camioneta, abrió el portón y se fue.

La familia indicó a los investigadores las características de la camioneta que faltaba en la cochera, la gente de la chamana contó del hombre que intentó matar a la gran mujer, enterando a la policía todo lo que sabían de él, al que llamaban "el ratoncito", porque lo habían investigado.

Dijeron que Doña Magda, que era vidente, supo que intentarían asesinar a la hija de Escandón, que no tenía nada que ver con los asuntos de su padre, estuvo telefoneando, dejando recados, pero como no se comunicaban con ella y el tiempo apremiaba, pidió a su ayudante Miguel que sin perder el tiempo la llevara a Coyoacán. Por eso estaba ahí cuando entró el asesino.

En eso, se oyó por la radio cómo le informaban al jefe de los policías investigadores que la camioneta robada estaba en Cuernavaca. Se ordenó un operativo y menos de una hora después se rindió parte. El fugitivo disparó contra la policía y fue abatido. Esto fue lo que comunicó el comandante a la familia.

—¿La caja fuerte y las alhajas?— Preguntó Johana.

—Se encontró sólo un fajo de billetes con cinco mil dólares.

Johana enfureció, se enfrentó al comandante, le dijo —¡No puede ser! ¡La policía se robó todo!— Jesús la tomó del brazo, la hizo a un lado y la tranquilizó.

El comandante no dijo nada.

Tras rendir declaraciones los Douglas dejaron México, jurando no volver.

El pueblo de la chamana se reunió. El poder de la Gran Mujer tenía que quedar en algún descendiente de doña Magda.

La sabia sólo había tenido dos hijas y a una la mataron junto con su esposo, su cuñado y todo el personal de su tienda.

La Beba sobrevivió porque había llevado a su sobrina al zoológico.

Tenía que ser la Beba la que sucediera a doña Magda porque la niña tenía discapacidad intelectual.

La hija fue citada a una concurrida reunión de los seguidores de la chamana de la Roma, le pidieron que aceptara dirigirlos porque a ella le correspondía, pero se negó aduciendo que su prioridad era cuidar de la pequeña Vale, que en ese momento estaba sentada a su lado.

Entonces la pequeña Vale lentamente se levantó de la silla, se paró frente a su tía y de la niña salió la voz de Doña Magda.

—Hija,— le dijo, —tú naciste con el don. Desde pequeña te fui enseñando el manejo de las hierban medicinales, pero como tenías otros intereses no quise presionarte sabiendo que cuando el momento llegara aceptarías tu herencia espiritual y dirigirías a nuestros seguidores.

Lo que nunca te dije es que mi nieta Vale es médium, que tiene facultades paranormales y por ella pueden comunicarse los espíritus con los vivos. En este momento me presta su cuerpo y su voz, pero otros espíritus también podrán comunicarse por medio de ella, si se los permitimos. Algunos de mis conocimientos tú los tienes pero hay cosas que no sabes y yo te las diré y dirigiremos a nuestro pueblo tú y yo con ayuda de nuestra amada Vale. Notará nuestra comunidad que la médium va a ir cambiando hasta ser como yo. Nació para eso.

El silencio en el espacioso local donde se celebraba la asamblea era total.

Cuando la Niña Santa giró para quedar frente a los asistentes, muchos feligreses se hincaron comenzando a repetir "no nos ha abandonado", "nuestra chamana vive y está aquí"

De los braceros colocados alrededor del gran salón comenzó a salir humo y algunos de los iniciados comenzaron a repartir pedazos de hongos.

Se fue formando una fila y uno a uno pasaron todos a besar la mano de la nueva chamana y de la Niña Santa a la que espontáneamente comenzaron a llamar Niña Magdita.

Don Nicanor (una especie de tesorero de la congregación), entregó a la Beba, delante de todos, chequeras, documentos y declaró que los bienes de doña Magda ahora pasaban a su hija, que podía disponer de ellos como quisiera.

La recién proclamada había enmudecido, no podía moverse , lo pudo hacer sólo después de que su sobrina la abrazó sonriendo y con voz de niña le preguntó:

—¿Podemos ir a Almoloya?

Entonces reaccionó.

Tomó de la mano a Vale para salir del local formando los asistentes una valla a su paso, las subieron a una camioneta para pasajeros, extrañada preguntó:

—¿Qué pasa?

—Nada,— respondió don Nico, —queremos asegurarnos de que no les pase nada. Doña Maga nunca debió salir sin protección. Perdió la vida por salvar las de Patricia Escandón y sus hijos. Si nos hubiera esperado nadie hubiera muerto en la casa de Coyoacán. He llegado a pensar que ella sabía lo que iba a ocurrir y no sé por qué no sólo lo permitió, sino que lo ocasionó.

Me duele pensar que pudo estar cansada, decidiendo cederles a ustedes el poder.

Pero no nos volverán a privar de nuestra guía. Hay demasiada maldad alrededor para no tomar precauciones. Tal vez resulte un poco incómodo para ustedes, pero permítanos cuidarles.

Así llegó la Beba a dirigir la comunidad y se descubrieron las dotes de médium de la pequeña Vale. Ya es casi imposible acercarse a ellas. Son custodiadas día y noche por sus seguidores que ahora se reúnen en un rancho de Almoloya, el rancho de doña Julia donde construyeron un gran templo en el que se afirma se establecen comunicaciones con los espíritus. La chamana sigue dirigiendo a su pueblo por medio de su hija y de su nieta Vale, la Santa Niña, llamada también Santa Magdita.

***

El matrimonio Palafox tiene dos departamentos en el mismo edificio de la colonia Polanco. Uno ocupa Patricia con su esposo, el contador y otro la abuela con los tres niños. Esa familia verdaderamente se ama.

La abadesa temió que la hija de su hermano viviera con un hombre casado debido a que había atracción entre ellos y notó que la viuda desde el primer momento hizo suya a esa familia.

Lo supo desde un principio la Madre Superiora y por eso procuró la unión de los viudos.

Sonríe cada vez que piensa que su sobrina no estaba hecha para la vida religiosa y en la seguridad que ella, la Madre Leonor, Sor Deras, tuvo siempre de que el propio Lalo, desde donde se encontrara (al pensarlo involuntariamente mira siempre al piso), aprobaba lo ocurrido.

Después de todo, el mole no podía ser tan malo.